KB036231

청춘 돼지는 방황하는 가수의 꿈을 꾸지 않는다

카모시다 하지메 지음

미조구치 케이지 ● 일러스트

이승원 옮김

사쿠라지마 마이

연예계로 완전히 복귀한 국민 여배우.
연인인 사쿠타와 같은 대학에 다니고 있다.
일 때문에 눈코 뜰 새 없이 바쁘지만
사쿠타와 함께 보내는 시간을 소중히 여기고 있다.

대학생이 된 마이와 사쿠타의
새로운 나날…….

"나의 마이 씨는
안 줄 거야."

"좋겠다."

아즈사가와 사쿠타

여전히 스마트폰이 없는,
약간 괴짜인 대학교 1학년.
마이 씨와 같은 대학에 당당히 입학했으며,
평온한 나날을 보내고 있다.

"아리따운 애인을 둬서 참 좋겠네.
나도 가지고 싶어."

미토 미오리

사쿠타와 같은 강의를 듣는다.
스마트폰이 없는 미인 여대생.
겁이 없는 성격이며, 자칭 사쿠타의 친구 후보.

히로카와 우즈키

입 다물고 있으면 미인이지만,
이야기를 나눠보면 마이페이스한 『스위트 불릿』의 센터.
노도카에게 감화되어 대학에 진학하지만……

구름 사이로 빛이 쏟아졌다.

하늘에서 빛으로 된 사다리가 내려왔다.

그 빛이 바다를, 관객들을

그리고 무대 위를 비췄다…….

디자인 ● 키무라 디자인 랩

꿈을 꾸지 않는다

방황하는 가수의

청춘 돼지는

카모시다 하지메 지음

미조구치 케이지 ● 일러스트

이승원 옮김

어디부터 어디까지가 나인 걸까.

저기, 가르쳐 줄래?

누군가의 목소리가 귓가에 울려 퍼지면

경계선은 녹아서 사라져 버려.

나, 뒤섞여서 하나가 된 모두가 될래.

이건 나쁜 짓일까? 응?

키리시마 토코 『Social World』 발췌

제1장

사춘기는 끝나지 않는다

1

아즈사가와 사쿠타는 『2시간 1200엔 음료 무한 리필』인 가게에서 우롱차를 몇 잔 더 마시면 본전인지 계산하고 있었다.

그리고 우롱차를 세 잔이나 마신 사쿠타는 지나가던 점원에게 말했다.

"저기, 우롱차 주세요."

사쿠타의 주문에 「맥주도 줘요」, 「하이볼도요!」, 「나는 레몬사와」, 「레몬사와 한 잔 더!」, 「우롱하이 두 잔요」 하고, 주위의 테이블에 있던 이들도 너 나 할 것 없이 주문을 했다.

"예, 금방 가져다드리겠습니다!"

점원은 미소를 지으며 주방으로 향했다.

사쿠타는 잔에 남아 있던 얼음을 입안에 넣으며 기다렸다. 그리고 그 얼음이 다 녹기도 전에, 점원이 대량의 술과 음료를 능숙하게 들고 왔다.

"여기, 우롱차입니다."

빨대가 꽂힌 잔이 탁 하는 소리를 내며 테이블에 놓였다. 사쿠타는 그 우롱차를 한 모금 마셨다. 희미하게 쓴 맛이 입안에 퍼졌다. 근처 슈퍼마켓에서 파는 우롱차와 별반 다르지 않은 맛이었다.

가게에서는 2리터 페트병에 든 우롱차를 보통 200엔 정도에 판다. 1200엔이니 12리터는 마셔야 본전이다.

두 시간동안 그만큼이나 마시는 건 벌칙 게임이 아니라 아예 고문이다. 오래 살고 싶다면 본전을 뽑자는 생각은 버리는 편이 좋을 것이다.

"여기 앉아도 될까요?"

혼자 그런 생각을 하고 있을 때 불현듯 누군가의 목소리가 들렸다.

잔에서 눈을 떼며 고개를 들어보니, 테이블 건너편에 한 여학생이 서 있었다. 긴 원피스의 허리 부분에 리본 느낌의 벨트를 둘렀으며, 원피스 위에는 소매를 걷어 올린 밀리터리 풍 재킷을 걸치고 있었다.

밝은 느낌의 머리카락은 경단 모양으로 말았으며, 전체적인 인상이 허술해 보이지 않도록 캐주얼한 느낌으로 적절하게 정돈했다.

몸의 라인은 호리호리하면서도 화사한 느낌이며, 미소를 짓고 있는데도 약간 난처한 느낌이 드는 것은 왼쪽 눈 아래의 눈물점 탓일까.

"굳이 따지자면, 안 돼요."

사쿠타는 방금 받은 질문에 솔직히 답했다.

"……."

눈물점이 있는 여자는 사쿠타의 눈을 똑바로 바라보면서 아무 말 없이 눈을 깜빡였다. 거절당할 거라고는 생각도 못한 걸까.

"어째서죠?"

그녀는 3초 후에 의문을 입에 담더니, 치마가 구겨지지 않
도록 조심하면서 사쿠타의 맞은편에 앉았다. 사쿠타는 앉
지 말아달라는 의미로 그렇게 말한 것인데······.

그녀는 내용물이 절반 정도 남아있는 잔도 챙겨왔다. 얼
음이 녹으면서 잔의 겉면에 이슬이 맺혀 있었다. 새 앞접시
도 준비하는 것을 보면, 눌러앉을 생각인 것 같았다.

"그야 대각선 뒤편에서 따가운 시선이 느껴지니까요."

일부러 돌아보며 확인해보지 않아도 알 수 있다. 그녀가
아까까지 앉아있던 테이블에는 그녀의 친구로 보이는 단발
여자 한 명과 남자 셋이 있을 것이다. 아까 우롱차를 주문
할 때, 스마트폰을 꺼내며 「ID 교환하자」 같은 대화를 나누
는 모습이 언뜻 보였다.

"아, 메신저 ID를 교환하려는 것 같아서요."

그래서 이 테이블로 도망 왔다는 말 같았다.

"싫으면 거절하면 되지 않나요?"

"보통은 그러겠지만······."

사쿠타가 조언을 해주자, 눈물점이 있는 여자가 난처한 표
정을 지었다. 아니 얼굴 생김새 자체가 저런 느낌일 뿐, 실
은 전혀 난처하지 않은 걸지도 모른다.

"그러지 못할 이유라도 있어요?"

"······스마트폰이 없거든."

잠시 뜸을 들인 후, 그녀는 반말로 이유를 밝혔다.

"거 참 특이하네."

"그래서 안 믿어줘."

사실인데도 사실이라고 믿어주지 않는다. 어설픈 거짓말로 거절하는 거라고 생각한다. 상대방이 믿게 하기 위해서는 가지고 있지 않은 이유를 이야기해야만 한다. 그것이 성가시다고 그녀의 찌푸린 미간이 이야기해 주고 있었다.

"짜증이 나서 스마트폰을 바다에 확 던져 버린 거야?"

"그런 짓을 하는 사람이 있어?"

그런 사람이 그녀의 눈앞에 있지만, 예전에 그 사실을 밝혔다 웃음거리가 된 적이 있는 사쿠타는 그 사람이 누구인지 밝히지 않았다.

"하지만 스마트폰 없이 어떻게 사는 거야?"

"스마트폰이 없으면 사람은 죽는 거야?"

"내가 아는 여고생 말로는 죽는다더라고."

"······여고생?"

어찌된 건지 그녀의 눈에는 경멸의 빛이 어렸다. 대학생이 되면 여고생과 알고 지내면 안 되는 걸까.

"같은 고등학교 후배야."

사쿠타는 상대방이 괜한 오해를 하기 전에 추가 정보를 전달했다.

"그럼 다행이네. 자, 건배하자."

왜 건배를 하자는 건지는 모르겠지만, 사쿠타는 그녀가 내민 잔에 자신의 잔을 가볍게 댔다. 두 사람 다 빨대로 음료를 한 모금 마셨다.

"뭐 마시는 거야?"

"우롱차."

"나도 그래."

"그렇구나."

"이걸 몇 잔 마셔야 본전을 뽑을 수 있을까?"

"12리터는 마셔야 한다고 누가 계산한 것 같더라고."

"그렇게 많이 마시는 건 무리 아냐?"

"응."

정말 실속 없는 대화다. 차라리 오늘 날씨 이야기라도 하는 편이 건설적인 느낌이 들었다.

이대로 이름도 모르는 여자애와 실속 없는 이야기를 나눠 봤자 허무하기만 할 것 같았기에, 사쿠타는 오늘 이 모임의 취지에 따라 자기소개를 하기로 했다.

"통계과학부 1학년, 아즈사가와 사쿠타예요."

"갑자기 뭐하는 거야?"

그녀는 웃으면서 풋콩을 입에 넣었다. 그리고 '맛있네' 하고 중얼거리면서 우롱차를 한 모금 더 마셨다. 잔을 쥔 손도, 빨대를 잡은 손가락도, 빨대를 문 입술도…… 행동거지

하나하나가 묘하게 여성스러웠다. 남자들에게 둘러싸이는 것도 이해가 됐다. 남자들의 눈에는 충분히 귀여워 보일 테니까 말이다.

대각선 뒤편의 테이블에 앉은 남자들이 그녀와 연락처를 교환하고 싶어 하는 심정도 이해는 됐다.

행동뿐만 아니라, 눈물점이 만들어 내는 난처해 보이는 표정이 그녀와 가까워지고 싶다는 충동을 불러일으켰다. 눈앞의 여자가 남자를 한눈에 반하게 만드는 마력을 지닌 것처럼 느껴졌다.

"먹는 모습 좀 쳐다보지 말아 줄래? 부끄럽거든."

사쿠타의 시선을 눈치챈 그녀가 말했다. 하지만 딱히 멋쩍어하는 것 같지는 않았다. 그리고 또 풋콩을 손에 쥐었다.

"일단 다들 자기소개를 하려고 이 자리에 모인 거잖아?"

사쿠타가 그렇게 말하며 둘러본 이곳은 4인용 착석 테이블이 여섯 개 놓인 공간이다. 이 공간 전체가 다른 곳과 분리된 방이었다.

남자들만 모인 테이블 하나.

여자들만 모인 테이블 하나.

남녀가 섞여서 앉아있는 테이블이 네 개 있으며, 그 중 하나에는 사쿠타와 그녀가 단둘이 앉아 있었다.

이 방에 모여 웃고, 박수치며, 스마트폰을 꺼내 ID 교환을 하고 있는 건 사쿠타와 같은 대학에 다니는 약 스무 명

가량의 학생들이다.

오늘은 9월의 마지막 날인 30일 금요일이었다.

2학기는 다음 주 월요일부터 시작되며, 이곳에는 기초 세미나라 불리는 학부의 일반교양 과목에서 같은 강의를 선택한 이들이 모여 있었다. 이제부터 반년 동안 잘 지내보자……라는 의미에서 친목회를 가지고 있는 것이다.

장소는 요코하마 역 인근이다. 서쪽 출입구에서 도보로 몇 분 거리에 있는 번화가의 체인 술집이며, 회비는 술 무제한 세트로 2700엔이다.

술자리가 시작되고 한 시간 반가량이 지난 현재, 사쿠타가 있는 테이블 이외에는 다들 술에 거나하게 취했다. 시간이 흐를수록 목소리도, 웃음소리도, 커져만 갔다.

적당한 타이밍에 자기소개를 할 예정……이라고 이 자리를 준비한 총무가 처음에 말했지만, 이제는 아무도 그것을 기억하고 있지 않을 뿐만 아니라 개의치 않았다. 즐거우면 그걸로 됐다는 분위기였다.

"국제상학부 1학년, 미토 미오리라고 해요."

"잘 부탁해요."

"뭐, 아즈사가와 군에 대해서는 당연히 알고 있지만 말이야."

"나는 유명인이거든."

진짜로 유명인인 것은 사쿠타가 사귀고 있는 연인…… 국민적 지명도와 인기를 자랑하는 연예인 『사쿠라지마 마이』

쪽이다. 그녀는 영화, 드라마, 광고, 패션 잡지 모델 등, 다방면의 장르에서 활약하고 있다. 게다가 작년 2학기에는 아침 드라마인 『어서 와』라는 작품에서 여주인공을 맡았으며, 아침 드라마로 데뷔한 마이에게 있어서는 그야말로 어서 와, 라고 할 수 있는 1년이었다. 이 1년 동안 그녀의 존재감은 더욱 커졌다.

그런 마이와 사쿠타가 연인 관계란 사실은 소문의 차원을 넘어, 대학 안에서는 이미 모두가 아는 사실이었다.

마이도 같은 대학에 다니고 있으니, 알려지는 것이 당연했다. 미오리도 「당연히」 알고 있었다.

사쿠타가 입학하고 반년이 지난 지금은 그것을 가지고 그를 놀리는 학생도 거의 없었다. 아니, 불가사의하게도 대놓고 두 사람이 사귀는지 물어보는 사람 자체가 적었다. 그런 질문을 받은 횟수는 양손으로 꼽을 수 있을 정도에 불과했다.

다들 신경이 쓰이기는 할 것이다. 하지만 그런 질문을 한다는 것 자체가 꼴사납다. 그렇게 생각하며 서로를 견제하는 분위기가 캠퍼스 안에 자연스럽게 생겨난 것이다.

"아리따운 애인을 둬서 참 좋겠네. 나도 가지고 싶어."

"나의 마이 씨는 안 줄 거야."

"좋겠다."

미오리의 눈에는 부러움이 아니라 원망마저 어려 있었다.

"그렇게 애인을 가지고 싶으면, 적당히 골라잡으면 되지 않아? 인기도 많아 보이는데 말이야."

사쿠타는 대각선 뒤편의 테이블을 힐끔 쳐다보았다. 어느새 여자가 한 명 더 늘어난 그 자리에서는 다들 즐겁게 이야기를 나누고 있었다. 하지만 주위가 시끄러워서 대화 내용까지는 들리지 않았다.

미오리는 그런 사쿠타를 원망스럽다는 듯이 쳐다보았다. 그리고 「심술궂은 소리를 하네」 하고 중얼거리며 사쿠타를 비난했다.

"그런데 아즈사가와 군은 왜 혼자 앉아 있었던 거야?"

"처음부터 혼자였던 건 아냐."

"그건 알아. 원래 자리에서도 보였거든."

아까까지는 다른 테이블로 이동한 남자와 같이 있었다. 같은 학과인 후쿠야마 타쿠미다. 이 가게에 들어온 후로 입만 열었다 하면…….

"나도 애인 만들고 싶어."

"그럼 여자애들과 교류라도 하지 그래?"

"그건 좀 부끄러워."

"그럼 내가 가볼까."

"그럼 나도 같이 갈래."

"예, 다녀오세요."

"무리야~."

이런 생산성이 없는 대화를 나누고 있었지만, 사쿠타가

화장실에 다녀오니 그는 어느새 여자애가 있는 테이블에 섞여 있었다. 알코올의 힘은 위대하다는 생각이 들었다. 스마트폰을 꺼내 ID 교환까지 하고 있으니까 말이다……

미오리에게 그 이야기를 해주자…….

"아즈사가와 군도 다른 테이블로 이동하면 되잖아."

그녀는 방금 나온 닭튀김을 먹으면서 말했다.

닭튀김 같은 고칼로리 음식은 입에도 대지 않을 것 같은 외모를 지녔지만, 미오리는 정말 맛있다는 듯이, 그리고 행복한 얼굴로 먹고 있었다. 그리고 삼킨 후, 젓가락으로 한 개 더 집었다. 접시에 원래 놓여 있던 닭튀김의 개수는 총 네 개다. 4인분이니 한 사람 당 하나지만, 이 테이블에는 사쿠타와 미오리뿐이니 한 사람 당 두 개씩 먹으면 된다. 그 바람에 닭튀김을 못 먹는 사람도 생기겠지만…….

그런 생각을 하는 사이, 미오리는 세 개째 닭튀김을 젓가락으로 집더니, 시치미를 떼는 얼굴로 자기 앞접시에 뒀다.

"아즈사가와 군은 오늘 뭘 하러 온 거야?"

"그냥 밥 먹으러 왔어."

사쿠타는 딱 하나 남은 닭튀김을 사수하기 위해 젓가락으로 집었다.

"다른 테이블은 사람이 많아서 먹을 게 줄거든."

실은 참가할 생각이 없었지만, 타쿠미가 같이 가자고 하도 졸라서 얼굴을 비추기로 한 것이다.

"다들 굶주렸나 보네."

남 일이라는 말투로 말한 미오리의 시선은 적극적으로 친목을 다지려 하는 동급생들을 향했다.

"미토 양은 다른 거야?"

고등학교 때와 달리, 대학에는 몇 학년 몇 반이라고 하는 자신의 공간이 존재하지 않는다. 매일 들락거려야 하는 자신만의 교실도 없거니와, 매일 앉는 자신의 자리도 없다. 수업은 전부 이동교실이며, 온 순서에 따라 마음에 드는 자리에 앉으면 된다.

그 중에서도 가장 큰 차이점은 바로, 반 친구가 존재하지 않는다는 것이다.

일단 학과가 같으면 졸업할 때까지 들어야 하는 필수 강의가 동일하기 때문에, 다른 학부의 학생보다는 얼굴을 마주할 기회가 많다. 하지만 일반교양이 중심인 1년차에는 필수 강의가 수업 전체의 절반밖에 되지 않는다. 매일 같은 교실에 다니던 고등학생 생활에 비해, 주위와의 강제적인 연결고리가 비교도 안 될 만큼 느슨해지는 것이다.

고등학생 때까지는 하나의 교실 안에서 인간관계가 완성됐다. 어찌 보면 갑갑할 수 있는 환경에서 드디어 해방된 것이다.

자유가 늘어났다.

그 반면, 지금까지 누구에게나 주어지던 『반』이라는 장소가 사라졌다.

그러니 같은 강의를 선택한 학생들끼리 모이고, 커뮤니티에 참가하며, 자신이 있을 곳을 자발적으로 만들려 한다. 억지웃음이라도 흘리며, 필사적으로 교류한다. 운 좋게 남자친구 혹은 여자 친구가 생기면 좋겠다고 생각하며 과장스럽게 박수를 치는 것이다.

"실은 나도 굶주렸어."

미오리는 그렇게 말하면서 자기 앞접시에 옮겨 뒀던 닭튀김을 입에 넣었다.

미오리는 닭튀김을 먹으며 이 친목회에 참가한 이들을 둘러보고 있지만, 말과는 달리 뭔가를 바라는 것처럼 보이지는 않았다. 흥이 오른 이들을, 먼 곳에서 바라보고 있을 뿐인 것 같았다. 그 눈빛은 따뜻하지도, 차갑지도 않았다.

굶주렸든, 굶주리지 않았든, 미오리에게 있어서는 아무래도 상관없는 것일지도 모른다. 애초에 방금 발언 자체가 미오리에게는 별다른 의미가 없는 것처럼 여겨졌다. 그냥 입에서 나오는 대로 말하는 느낌이다.

"그럼 5분 정도 남았으니 슬슬 일어날 준비를 하죠. 아, 그리고 2차는 노래방이니 다들 참가해주세요."

가장 안쪽에 있는 테이블에서 총무인 남학생이 양손으로 손나팔을 만들면서 그렇게 말했다. 참가자 중 절반 정도는 그 말에 귀를 기울이고 있었고, 남은 이들은 듣지 않는 것 같았다.

"2차를 간다네. 아즈사가와 군은 참가할 거야?"

"돌아갈 거야. 아르바이트하러 가야 하거든."

"지금? 이 밤에?"

밤이라고 할 만큼 늦은 시간은 아니다. 이제 막 오후 여섯 시가 됐으니까 말이다. 이 친목회는 술집의 오픈 시간보다 이른 오후 네 시에 시작했던 것이다.

"오늘은 개인지도 학원의 강사 아르바이트야."

"오늘은?"

"패밀리 레스토랑에서도 아르바이트를 하고 있거든."

사쿠타는 잔에 남아있던 우롱차를 전부 마셨다. 그러자 슈욱 하는 공기 소리가 들렸다.

"중학생을 가르치는 거야?"

"고1이야."

대답을 한 사쿠타는 자신의 가방을 들고 자리에서 일어났다.

"여고생한테 이것저것 가르치는구나. 음란하네."

"가르치는 건 수학이고, 학생 중에는 남학생도 있어."

현재 사쿠타가 담당하고 있는 건 남학생 한 명과 여학생 한 명, 총 두 명이다. 학생이 강사를 지명하는 시스템이기에, 지명을 못 받는다면 학생이 늘어나지 않는다. 학생 숫자와 수업 횟수가 아르바이트 수당에 다이렉트로 반영되기 때문에 한두 명 정도 늘어났으면 좋겠지만, 일단은 느긋하게 기다려볼 수밖에 없다.

아직 시끌벅적한 이 방에서 가장 먼저 빠져나온 사쿠타는 신발을 신었다. 옆을 쳐다보니, 미오리도 스니커의 끈을 묶고 있었다.

"2차 안 갈 거야?"

"노래방은 안 좋아해."

미오리는 난처한 표정을 지으며 웃었다. 이번에야말로 진짜로 난처한 표정을 지은 것처럼 느껴졌다. 하지만 그것은 사쿠타의 착각일지도 모른다. 그것을 구분할 수 있을 만큼, 사쿠타는 미오리에 대해 알지 못하는 것이다.

"들키기 전에 도망가자."

방 안을 돌아본 미오리는 「들키면 곤란할 것 같거든」 하고 장난스럽게 웃으며 말한 후, 사쿠타와 함께 가게 밖으로 나갔다.

밖에 나오자, 후덥지근한 열기가 느껴졌다. 9월도 오늘로 끝나지만, 최근에는 여름이라는 계절 자체가 길어진 것 같았다.

오늘이 금요일이라 그런지, 많은 사람들이 역에서 번화가로 향하고 있었다.

이제부터 술자리, 미팅, 혹은 데이트를 할 것이다.

하지만 사쿠타와 미오리는 카타비라 강에 걸린 다리를 건넌 후, 혼잡한 곳을 벗어나려는 듯이 강을 따라 걸음을 옮겼다. 미오리는 걷는 속도가 느려서 때때로 뒤처졌다 뛰어서 쫓아왔지만, 「좀 천천히 걸어」 하고 푸념을 하지는 않았다.

사쿠타는 속도를 약간 늦추더니, 약간 뒤편에서 걷고 있는 미오리를 어깨 너머로 돌아보았다.

"친구를 남겨두고 혼자 나와 버려도 괜찮은 거야?"

"마나미 말이야?"

"아, 이름은 몰라."

"괜찮아. 오히려 내가 남아있었다간 원성이 자자했을 걸?"

사쿠타와 나란히 선 미오리는 한숨을 내쉬며 그렇게 말했다.

"아하, 친구가 노리는 남자애가 너를 좋아하게 되면 큰일일 테니까 말이야."

미오리는 방금 자신이 한 말만으로 사쿠타에게 상황이 전달될 거라고는 생각하지 않았던 것 같았다. 아마 전할 생각이 없었기에, 미오리는 애매모호하게 이야기한 것이다.

"방금 그 말만으로 용케 눈치챘네."

옆에서 사쿠타를 올려다보는 미오리의 눈동자를 보니, 순수하게 놀란 것 같았다.

"비슷한 상황에 처했던 여고생 지인이 있거든."

친구가 좋아하는 사람에게 고백을 받은 바람에, 진심으로 고민했었다.

"아즈사가와 군은 알고 지내는 여고생이 참 많네요."

미오리는 갑자기 존댓말을 쓰면서 사쿠타에게서 떨어졌다.

"아까 말했던 여고생과 동일 인물이야."

반 년 후에는 여대생이 될 예정인 여고생이다.

"뭐, 그런 걸로 해둘게."

"진짜라고."

"아즈사가와 군은 어느 전철을 타?"

약간 오해가 남은 가운데, 미오리가 화제를 바꿨다. 괜히 물고 늘어졌다간 쓸데없이 오해를 살 것 같았기에, 그냥 넘어가기로 했다.

"토카이도선 전철로 후지사와까지 갈 거야. 미토 양은?"

"나는 오오후나까지 가."

으스대는 어조로 말한 것은 아마 후지사와보다 역 하나 가까운 곳이기 때문이리라. 요코하마 역에 가깝다는 것은 여기서 케이큐 선을 타고 가는 대학에도 더 가깝다는 의미다. 두 사람이 다니는 대학은 카나자와 핫케이 역에 있다.

"오오후나 출신이야?"

사쿠타는 질문을 하면서도 그렇지 않을 거라고 생각했다. 미오리에게서는 오오후나 출신 같은 느낌이 들지 않았다. 시립 대학이라 인근 지역 출신자가 많기 때문인지, 다른 지역에서 온 인간은 분위기가 달랐던 것이다.

"아냐. 대학에 합격해서, 거기서 자취하고 있어."

"그럼 더 가까운 곳에서 자취해도 되지 않아?"

"카마쿠라와는 가까워."

사쿠타는 당연히 대학에서 가까운 곳……이라는 의미로 한 말이지만, 미오리는 독특한 이유를 언급했다. 카마쿠라는 확실히 좋은 곳이지만 말이다. 마이와 데이트를 했을 때의 추억도 있다.

"아즈사가와 군은 후지사와 출신이야?"

"뭐, 반쯤은 거기 출신이라고 해도 돼."

고등학교 3년 동안 살았던 곳이라 사쿠타도 그곳이 고향처럼 느껴졌다. 어쩌면 옛날에 살았던 요코하마 시의 교외 지역이 지금은 더 멀게 느껴지지 않을까. 중학교를 졸업한 후로 한 번도 간 적이 없으니 말이다.

대로변으로 나오자, 바로 횡단보도 신호에 걸렸다.

"아, 맞다."

미오리는 토트백에서 조그마한 플라스틱 케이스를 꺼냈다. 그리고 그것을 흔들자, 뭔가가 부딪치는 소리가 들렸다. 구취제거용 민트 맛 캔디였다. 소리를 들어보니 내용물이 꽤 많이 들어 있는 것 같았다.

미오리는 세 알 정도 꺼내서 입에 넣더니, 남은 걸 전부 사쿠타에게 줬다.

"나, 입 냄새가 그렇게 심한 거야……?"

"아까 먹은 닭튀김에 마늘이 들어가 있었어. 이제부터 학원 강사를 하러 간다며?"

"배려해줘서 고마워."

사쿠타도 세 알 정도 입에 넣었다. 그러자 입 안이 시원해졌다. 코도 뻥 뚫리는 것 같았다.

"답례라고 하기에는 좀 그렇지만……."

"응?"

미오리는 사쿠타를 곁눈질했다.

"남자한테는 이런 행동을 자제하는 편이 좋을 거야."

"왜?"

"남자들이 딱 좋아할 만한 행동이거든."

"괜찮아. 아즈사가와 군한테만 할 거야."

"혹시 나를 노리는 거야?"

"안심할 수 있는 상대라서야. 왜냐하면, 절대 나한테 반하지 않을 거잖아? 일본에서 가장 귀여운 애인이 있는걸."

"뭐, 세상에서 가장 귀여운 애인이 있긴 하지."

사쿠타가 그렇게 말하자, 미오리는 웃음을 터뜨렸다. 「그렇게 나올 줄은 몰랐네~」 하고 말하며 꽤 즐거워했다.

신호는 아직 바뀌지 않았다.

"……."

"……."

대화가 끊겼을 때, 두 사람의 눈길이 동시에 무언가를 향했다. 횡단보도 반대편에는 포켓티슈를 나눠주고 있는 정장 차림의 여자가 있었다. 나이는 20대 초반으로 보였다. 재킷을 벗었지만, 오랫동안 티슈를 나눠준 건지 셔츠가 땀에 젖었다. 앞 머리카락도 이마에 붙었다. 올해 채용된 영업부 신입사원일까.

잘 부탁합니다, 하고 말하면서 티슈를 열심히 나눠주고 있지만 아무도 받아주지 않았다.

다들 그냥 지나쳤다.

"티슈 알바, 해본 적 있어?"

"그건 해본 적이 없어."

"아무도 안 받아주네."

"그래."

"어쩌면, 저 사람…… 나와 아즈사가 군에게만 보이는 걸지도 몰라."

미오리는 아까와 같은 톤으로 갑자기 그런 말을 했다.

"에이, 말도 안 돼."

"사춘기 증후군, 몰라?"

"……"

그 말을 들은 것이 얼마만일까. 그래서 바로 반응하지 못했다.

"남들에게 보이지 않게 되거나, 미래가 보이거나, 두 사람으로 분열되는…… 그런 일들이 일어나는 현상이래."

"흐음."

"중학교나 고등학교에서 그런 소문이 돌지는 않았어?"

신호가 파란색으로 바뀌었다.

"뭐, 소문 정도라면 들어본 것도 같네."

사쿠타가 먼저 걸음을 내딛자, 미오리가 한발 늦게 뒤따라왔다.

"하지만 단순한 소문 아냐?"

횡단보도를 지난 후, 사쿠타는 그 여자에게서 티슈를 받았다.

"감사합니다."

티슈와 함께 신축 맨션 판매 홍보 전단지를 받았다. 사쿠타가 맨션을 살 것처럼 생기지는 않았을 테지만……. 티슈 배포에 혈안이 된 나머지 맨션을 판다는 본래의 목적을 망각한 것일까.

그런 생각을 하고 있을 때, 사쿠타를 스쳐지나갔던 남성이 그 여자에게서 티슈를 받았다. 나이는 50대 정도로 보였다. 방금 저 사람이라면 적당한 타깃일지도 모른다.

그 후에도 티슈를 받아주는 사람이 잔뜩 있었다.

"다른 사람한테도 보이나 보네."

"뭐야~."

미오리는 재미없다는 투로 중얼거렸다.

"게다가 저 누나는 사춘기를 한참 지난 것 같지 않아?"

겉모습을 보니 적어도 스무 살은 넘어 보였다.

"그럼 몇 살까지가 사춘기인데?"

"글쎄, 그건 나도 모르겠어."

개인에 따라 다르겠지만, 명확하게 정의되지는 않는다고 생각한다. 스무 살이 된 순간, 인간은 어른이 되지도 않는다.

"그럼 아즈사가와 군은 사춘기야?"

"슬슬 졸업했으면 좋겠네."

"대학생이라서구나."

"미토 양은 어때?"

"나는…… 아직 사춘기일 거야."

"이유가 뭐야?"

"남친이 있었던 적이 없거든."

"아하."

"우와~. 애인 있는 사람의 거만한 시선, 진짜 짜증 나~."

미오리는 교과서 읽는 것 같은 목소리로 불평을 늘어놓았다. 그리고 「이거, 내가 가질래」하고 말하며 사쿠타에게서 티슈를 빼앗더니 지하로 내려가려고 했다.

"개찰구는 저쪽이야."

미오리가 내려가려 하는 계단 밑에는 수많은 가게가 줄지어 있는 요코하마 역의 지하상가가 있다.

"쇼핑 좀 하고 돌아갈 거야. 그럼 다음에 봐."

미오리는 가볍게 손을 흔든 후, 뒤도 돌아보지 않고 지하상가로 내려갔다.

"뭐랄까……."

미토 미오리는 종잡을 수 없는 인물이었다. 붙임성이 좋고 표정이 풍부하지만, 일정거리 이상 다가오지 않았다. 여기서 헤어진 것도 같이 역에 갔다간 같은 전철을 타고 한동안 같이 가야하기 때문 아닐까. 지나친 생각일지도 모르지만, 그런 분위기를 지닌 인물이기는 했다.

쓸모가 있는 티슈를 빼앗긴 사쿠타는 쓸모가 없는 맨션 전단지만 등에 맨 가방에 넣은 후, 역 안으로 들어갔다.

그리고 전철 개찰구를 통과했을 때…….

"그러고 보니 사춘기 증후군이란 말을 참 오래간만에 들었네."

문득 그런 생각이 들었다.

2

요코하마 역에서 탄 토카이도 선 전철은 귀가하는 사회인과 학생들로 혼잡했다. 금요일에는 집으로 바로 귀가하는 사람이 적은 만큼, 이 시간대치고는 꽤 한산한 편이다.

사쿠타는 차량 연결부의 문 앞으로 이동해 공간을 확보하더니, 개별지도 학원에서 쓸 교재를 가방에서 꺼냈다. 그리고 25페이지의 2차함수의 예문을 살펴보았다. 학생에게 가르치기 위해 예습을 하는 것이다.

그 사이, 순조롭게 나아가던 전철은 요코하마 역 주변의 상업 지역을 빠져나가더니, 주택가에 접어들었다. 다음 역에 다가가자, 또 커다란 건물이 늘어나기 시작했다. 그리고 역에서 멀어지자, 한산한 마을 풍경이 창밖에 펼쳐졌다. 그것이 계속 반복됐다.

대학 입학 초반에는 바다와 하늘과 수평선이 그립게 느껴졌지만, 반년가량 지나니 전철 안에서 보내는 이 시간에도 익숙했다. 평소에도 오늘처럼 학원에서 할 수업의 예습을 했다.

하지만 오늘은 집중이 되지 않았다.

이유는 알고 있다.

친목회에서 만난 미토 미오리가 아까 했던 말이 원인이다.

사춘기 증후군, 몰라?

그 말을 남에게서 들은 것이 대체 얼마만일까.

적어도 대학에 입학하고 반년 동안은 들은 적이 없다. 그 전…… 고등학교 3학년 때는 수험 공부로 정신이 없었기에, 역시 들은 적이 없었다.

그러니 적어도 1년 반 동안은 들은 적이 없을 것이다.

남에게 인식되지 않는다.

미래를 예상해서 체험한다.

한 사람이 두 사람으로 분열된다.

겉모습이 다른 누군가와 뒤바뀐다.

마음의 고통이 육체에 상처라는 형태로 나타난다.

미래에 도달한다.

가능성의 세계로 도망친다.

그런 사춘기 증후군을, 사쿠타는 지금까지 접해왔다.

하지만, 최근 1년 반 동안은 아무 일도 없었다.

그것은 환영할 일이기에, 사쿠타는 아무 일도 일어나지 않는 날을 일일이 새며 신경 쓰지도 않았다.

그리고 어느새, 1년 반이 흘렀다.

사쿠타를 태운 토카이도 선 전철은 토츄, 토츠카, 오오후나에 정차한 후, 예정 시각에 맞춰 후지사와 역에 도착했다.

개찰구로 향하는 사람들에게 섞여, 역의 북쪽 출입구로 나섰다. 가전제품 양판점 앞 모퉁이에서 오른쪽으로 돌자, 사쿠타가 강사 아르바이트를 하는 학원의 간판이 보였다. 임대 빌딩의 5층이다.

엘리베이터를 타고 올라간 사쿠타는 밤인데도 「좋은 아침입니다」하고 말하며 교무실에 들어갔다.

학교의 교무실과 달리, 문이나 벽이 없다. 안쪽까지 훤히 보였다.

테이블이 몇 개 놓여 있는 학생들의 휴식 공간과 교무실을 구분하는 것은 허리 높이의 카운터뿐이다. 학생이 강사에게 편하게 말을 걸 수 있도록 설계되어 있었다.

실제로 지금도 학생 한 명이 카운터 너머로 강사에게 영어 작문에 관한 질문을 하고 있었다.

"어서 오게, 아즈사가와 군. 오늘도 잘 부탁하지."

사쿠타에게 그렇게 말한 이는 40대 중반인 학원장이다. 무슨 문제라도 일어난 건지, 난처한 표정으로 전화를 신경 쓰고 있었다.

사쿠타는 딱히 관심이 없었기에 꾸벅 인사를 한 후, 로커룸에 들어갔다.

사쿠타는 『아즈사가와』라는 명찰이 달린 로커를 열었다. 흰색 가운과 재킷을 합쳐서 둘로 나눈 디자인의 옷을 꺼낸 후, 지금 입고 있는 옷 위에 걸쳤다. 이것이 학원 강사의 복장이다.

가방에서 수업에 쓸 교재를 꺼낸 후, 사쿠타는 혹시나 하는 마음에 민트 맛 캔디를 입에 대량으로 집어넣으며 로커룸을 나섰다.

그리고 교실이 줄지어 있는 안쪽 플로어로 향했다.

하지만 교실이라고는 해도 칸막이가 설치되어 있을 뿐인 1.5평 정도의 학업 공간이다. 입구에는 문이 없고, 벽 또한 천장에 닿아있지 않았다. 귀를 기울이면, 다른 교실에서 이야기를 나누는 목소리가 희미하게 들렸다.

그 공간에서 기다리고 있는 건, 남학생 한 명과 여학생 한 명이다. 한가운데에 있는 통로를 사이에 두고 나란히 앉아 있었다. 얌전히 기다리고 있는 여학생과 달리, 남학생은 스마트폰 게임에 푹 빠져 있었다. 이어폰을 끼고 있는 것을 보면 리듬 게임을 하고 있는 것 같았다.

"그럼 수업을 시작하겠습니다."

"예."

여학생만 대답을 했다. 교재 또한 오늘 할 25페이지를 펼쳐놓고 있었다.

그녀의 이름은 요시와 쥬리.

햇볕에 탄 건강미 넘치는 다갈색 피부와 달리, 쿨하고 조용한 여학생이다. 비치발리볼 동호회 활동과 학업을 양립하기 위해 학원에 다니는 것 같았다. 사쿠타가 다녔던 미네가하라 고등학교의 교복을 입고 있었다. 160센티미터 정도로 비치발리볼을 하기에는 꽤 키가 작은 편으로 보였다.

사쿠타가 만난 적이 있는 주니어 선발 선수는 마이와 키가 비슷하거나 약간 더 컸다. 아직 고등학교 1학년이라고는 해도, 여자인 그녀는 키가 더 크지는 않을 것이다.

남학생은 「예~」 하고 늘어지는 목소리로 대답을 했지만, 스마트폰에서 눈을 떼지 않았다. 여전히 게임에 푹 빠져 있었다.

그의 이름은 야마다 켄토.

쥬리와 마찬가지로 미네가하라 고등학교 1학년이다. 하지만 반이 달라서 그런지, 학교에서는 접점이 거의 없는 것 같았다.

켄토의 경우에는 1학기 성적이 너무 나빠서 기초 학력 향상을 위해, 여름 방학 때부터 이 학교에 다니게 됐다…… 정확하게는 부모님이 억지로 이 학교에 보냈다고, 첫 수업 때 켄토가 푸념 삼아 늘어놓았다.

키는 165센티미터 정도지만, 그것보다 더 커 보이는 것은 삐죽 세운 두발 때문이다. 부활동을 한다는 이야기는 못 들었지만, 체격을 보니 중학교 때까지는 운동을 한 걸지도 모른다.

"야마다 군, 수업 시작할 거야."

시계는 수업을 시작할 시간은 오후 일곱 시를 가리키고 있었다.

"잠깐만, 2초만 기다려줘."

"1초~, 2초~. 자아, 오늘은 25페이지의 2차 함수부터 복습하겠어요."

"아~, 정말~. 사쿠타 선생님 때문에 첫 풀 콤보를 놓쳤잖아."

사쿠타는 불평을 늘어놓는 켄토를 무시하며, 2차 함수의 응용문제를 해설하기 시작했다. 이것은 2학기 초 실력 테스트 때 켄토와 쥬리가 풀지 못했던 문제다. 예문을 통해 푸는 방법을 화이트보드에 적으며 설명했다. 그것을 마친 후, 예문과 같은 패턴으로 해답을 찾을 수 있는 연습 문제를 두 사람에게 풀게 했다. 모르는 부분이 있다면 개별적으로 대응했다.

쥬리는 시키는 대로 노트에 문제를 풀기 시작했다.

켄토는 미간을 찌푸리며 생각에 잠겼다. 하지만 곧 포기하더니······.

"사쿠타 선생님~."

책상에 넙죽 엎드리며 힘없는 목소리로 도움을 청했다.

"왜?"

"모르겠어요."

"어디를 모르겠는데?"

"어떻게 하면 귀여운 애인을 만들 수 있는지 모르겠어요."

뭘 모르나 했더니, 그런 소리를 늘어놓았다.

"수업 중에는 문제에 집중하는 게 어때?"

"사쿠타 선생님은 세상에서 가장 귀여운 애인이 있잖아. 가르쳐줘~."

"우주에서 가장 귀여운 애인이 있기는 하지만, 가르쳐주지 않겠어요."

켄토가 이런 소리를 늘어놓는 건 어제오늘 일이 아니다.

"사쿠타 선생님이라면 애인 만들 때의 필승법을 가르쳐줄 것 같아서 지명한 거라고~. 아아~, 후타바 선생님을 지명할 걸 그랬네. 가슴도 크잖아."

켄토가 말한 「후타바 선생님」은 사쿠타의 고등학교 시절 친구인 후타바 리오다. 지금은 이과 계열 국립대학에 다니고 있으며, 이 개별 지도 학원에서는 사쿠타보다 한 달 먼저 강사 아르바이트를 시작했다.

"방금 같은 말은 여자애들이 싫어하니까 하지 않는 편이 좋을 거야."

사쿠타가 쥬리 쪽을 힐끔 쳐다보니, 그녀는 묵묵히 문제를 풀고 있었다.

"머릿속으로 생각만 하라는 거야?"

"사상의 자유가 보장된다는 건, 사회 과목 수업에서 배웠지?"

"마음속으로 밝히는 건 자유구나."

뭘 어떻게 해석하면 그런 결론에 도달하는 걸까. 딱히 틀린 말은 아닐지도 모르지만 말이다.

"애인을 만들고 싶다는 건 알겠는데, 애초에 야마다 군은 좋아하는 사람이 있어?"

수업을 진행하기 어려울 것 같기에, 사쿠타는 어쩔 수 없이 잡담에 어울려 주기로 했다.

"귀여운 여자애는 전부 좋아해요."

켄토는 태연한 표정으로 그런 바보 같은 소리를 늘어놓았다.

"인간한테 중요한 건 겉이 아니라 속이라고 생각하는데 말이야. 뭐, 내가 그런 소리를 해봤자 설득력은 없겠지."

"가슴이 큰 쪽이 좋아요."

"내가 말하는 속이란 건 성격을 말하는 거야."

옷 속을 말한 것이 아니다.

"아즈사가와 선생님."

그제야 쥬리가 약간 질책하는 목소리로 그렇게 말했다. 쥬리의 책상 위를 보니, 아직 문제를 하나밖에 풀지 못했다. 옆에서 남이 이런 이야기를 나누고 있으니, 집중을 못하는 게 당연했다.

"자, 수업에 집중하자."

"애인 만드는 법을 가르쳐주세요."

"수학 이외의 질문은 받지 않겠어요."

"이유가 뭐야?"

"내 시급에 포함되어 있지 않거든."

"애인이 없으니 공부할 마음도 안 생긴다고."

"야마다 군은 왜 그렇게 애인을 만들고 싶은 거야?"

"그야 애인이 있으면 야한 짓도 얼마든지 할 수 있잖아?"

"……."

그런 이유일 거라고 예상하기는 했지만, 실제로 들으니 어이가 없었다.

"……응? 아닌 거야?"

"그런 식으로 생각하는 동안에는 애인을 만드는 건 아마 글렀을걸?"

사쿠타는 자신의 학생인 켄토를 연민에 찬 눈길로 쳐다보았다. 켄토는 눈치채지 못했지만, 옆에 있는 쥬리가 혐오감이 훤히 드러나는 차가운 눈길을 머금고 있었다.

바로 그때, 똑똑 하고 노크 소리가 들렸다. 문이 없기에 파티션의 벽을 두드리는 소리였다.

"아즈사가와 선생님."

목소리를 듣고 돌아보니, 고등학생 때부터 친구 사이인 후타바 리오가 입구에 서있었다. 사쿠타와 마찬가지로 학원 강사용 복장을 입고 있었다.

"잠깐, 저 좀 봐요."

태도가 차가웠으며, 표정 또한 명백하게 언짢아 보였다.

"뭐야?"

"잔말 말고 빨리 와요."

리오는 교실에서 나오라고 시선으로 명령했다.

"문제를 풀고 있어."

사쿠타는 켄토와 쥬리에게 그렇게 말한 후, 일단 교실을 나갔다.

사쿠타를 데리고 휴식 공간 근처까지 간 리오는 멈춰서더니, 「하아」하고 땅이 꺼져라 한숨을 내쉬었다.

"수업 중에는 수업에 집중해. 내 학생들이 옆 반이 시끄럽다며 항의를 한단 말이야."

리오는 아까까지 사쿠타가 있던 교실의 옆을 바라보았다. 그곳에서는 리오가 학생들에게 물리를 가르치고 있었다.

"나는 성실하게 수업을 했다고."

"성실한 수업에서는 언급되지 않을 단어가 들렸거든?"

아마 가슴과 야한 짓을 말하는 것이리라.

"내가 말한 게 아니란 말이야."

이 상황에서 리오의 갑갑해 보이는 가슴을 쳐다봤다간 무슨 소리를 들을지 모르기에, 사쿠타는 노골적으로 고개를 돌렸다.

"하아."

리오는 또 땅이 꺼져라 한숨을 내쉬었다.

"아즈사가와도 해고 안 당하도록 조심해."

"도?"

마치 누군가가 해고를 당한 것 같은 발언이었다.

"저기 좀 봐."

리오가 시선으로 가리킨 곳은 교무실 앞의 휴식 공간이었다. 젊은 남성 강사 사원이 학원장에게 호소를 하고 있었다.

"아니에요! 정말이라고요!"

"진정하세요. 이야기는 다른 방에서 듣겠어요."

"오해라고요! 응? 내 말 맞지?"

젊은 강사가 상냥한 목소리로 말은 건 상대는 3미터 정도 떨어진 곳에 있는 여학생이었다. 그녀도 미네가하라 고등학교의 교복을 입고 있었다. 여성 강사와 나란히 선 그녀의 얼굴에는 죄책감이 어려 있었다.

"죄송해요. 저는 선생님에게 그런 감정은 없어요."

그런 감정이라는 건 대체 어떤 감정을 말하는 걸까. 굳이 묻지 않더라도, 분위기를 통해 저 두 사람의 관계를 충분히 짐작할 수 있었다.

강사와 학생 사이에서 어긋난 애정 관계가 발생한 것이다. 방금 저 여학생이 한 말을 믿는다면, 여학생은 저 강사에게 마음이 없었던 것 같지만…….

남성 강사가 일방적으로 착각해서, 저 여학생을 건드리려 했다…… 그렇게 된 것일까.

"항상 나를 의지하고 있다고! 공부 이외의 일에 대해서도 상담해줬으면 한다고 해서…… 그래서!"

오늘 여기에 오기 전에 「여고생한테 이것저것 가르치는구나. 음란하네」 같은 말을 미오리에게 들었는데, 실제로 그런 상황을 보게 될 줄은 몰랐다.

"죄송해요."

남성 강사가 애절한 눈길로 쳐다보자, 여학생은 안타까운 표정을 지으면서도 딱 잘라 그렇게 말했다.

"아……."

여학생에게 거절을 당한 남성 강사는 고개를 푹 숙일 수밖에 없었다.

"그럼 선생님. 이쪽으로 오시죠. 자세한 이야기를 들려줬으면 합니다."

"……예."

학원장에게 등을 떠밀린 남성 강사는 마치 체포당한 범인 같았다. 하지만 이런 짓을 했다는 것을 후회하고 있다기보다, 그저 실연을 한 남성 같아 보였다.

그런 그는 학원장실 안으로 들어갔다.

"저기, 선생님은 이제 어떻게 되나요?"

여학생은 걱정스러운 어조로 여성 강사에게 물었다.

"너는 신경 쓸 필요 없단다."

어떤 식으로든 처벌을 받게 된다는 의미의 말이다. 그것도 어쩔 수 없다. 상황이 상황이니 말이다.

"하지만 너무 심한 처분은 내리지 말아주세요. 저는 진짜로 괜찮아요."

"그래. 학원장님에게 전해둘게. 자아, 오늘은 이만 돌아가렴."

"……예."

여학생은 그렇게 대답했지만, 아직 남성 강사의 처우가 걱정되는 건지 발걸음을 떼지 못했다. 그녀는 학원장실 쪽을 쳐다보고 있었다. 고개를 든 그 소녀는 인상이 좋은 우등생 같아 보였다. 헤어스타일도 청초한 느낌이며, 교복 또한 단정하게 입고 있었다. 자연스러운 느낌의 옅은 화장 또한 했다. 고등학생 시절의 사구타라면 화장을 한 줄도 몰랐을 것이다.

"아즈사가와도 저렇게 되지 않도록 조심해."

"내가 제자를 건드릴 녀석 같아?"

"아니."

"그렇지?"

"하지만 제자가 너를 건드릴 가능성이라면 있지 않아?"

"나는 의외로 인기가 좋은 편이거든."

"그래. 그러니까 충고하는 거야."

"……저기, 후타바."

"왜?"

"방금 그 말은 부정해주면 안 돼? 농담한 거란 말이야."

"아즈사가와가 의외로 인기가 좋은 편이라는 건 사실이잖아?"

리오가 담담한 목소리로 그렇게 말하자, 사쿠타는 대꾸하지 못했다.

"그래도 나한테는 우주에서 가장 귀여운 애인이 있으니 괜찮아."

"그런 사쿠라지마 선배와 한 달 동안 못 만났다며?"

현재 마이는 영화 촬영을 위해 홋카이도에 갔다. 대학교에서는 8월과 9월이 여름 방학이기 때문에, 이 시기에 자신이 주연인 영화를 두 편 찍고 있는 것이다.

그 중 한 편은 8월에 촬영이 종료됐으며, 니이가타 현의 토산품인 조릿대 경단을 선물 삼아 사서 돌아왔다. 그리고 두 번째 영화는 다음 주 초까지 찍을 것 같다고 어젯밤 통화 때 말했다.

"그 만큼 상을 잔뜩 받으니까 안심해."

"그럼 나는 수업하러 가볼게."

"잠깐만, 내 러브러브 이야기를 안 들어줄 거야?"

"아무튼 잡담 좀 자제해."

일방적으로 그렇게 말한 리오는 수업을 하러 갔다. 바로 그때, 옆에 있는 공부방에서 켄토가 얼굴을 내밀었다.

"사쿠타 선생님, 아직 이야기 안 끝났어?"

"야마다 군 때문에 내가 혼났다고."

"뭐?"

켄토는 진짜로 영문을 모르겠다는 표정을 지었다. 게다가 뭔가를 눈치챈 건지 사쿠타의 뒤편을 쳐다보았다.

"……."

켄토가 아무 말 없이 쳐다보고 있는 건 아까 전의 여고생이었다. 그녀는 아직 휴식 공간에 있었다.

"아는 사이야?"

사쿠타가 묻자…….

"같은 반인 히메지 사라야."

켄토가 그녀의 이름을 입에 담았다.

"흐음."

켄토가 저 소녀의 이름을 정확하게 기억하고 있나는 사실이 좀 의외였다.

"왜 그래?"

"저런 타입을 좋아하나 보네."

"윽!"

반쯤 농담 삼아 한 말이지만, 켄토는 노골적으로 표정을 굳혔다.

"아니거든?"

그리고 발끈하며 부정했다.

"아하~."

"사쿠타 선생님! 빨리 수업이나 하자고!"

"야마다 군의 의욕을 보여서 나는 참 기쁜걸."

이제부터 켄토가 수업 때 잡담을 하려고 한다면, 이 일을 언급하면 될 것 같았다.

덕분에 그 후의 수업은 매우 순조로웠다. 리오에게 혼나지도 않았다.

3

수업 하나를 마친 사쿠타는 오후 아홉 시 경에 학원을 나섰다. 수업 자체는 80분이지만, 그 후에 학생의 이해도 등을 적는 일지를 작성하고 리오를 기다리다 보니 시간이 이렇게 됐다.

학원을 나선 사쿠타는 리오와 함께 역을 향해 걸었다.

"아, 참."

리오가 불쑥 입을 열었다.

"응?"

"아까 쿠니미한테서 메일이 왔어."

"어떤 내용이야?"

"소방관 훈련이 무사히 끝났다네."

"그러고 보니 오늘까지였지."

쿠니미 유마는 졸업에 맞춰 지방 공무원 채용 시험을 쳤다. 그가 지망한 것은 소방관이다.

그 시험에는 무사히 합격했지만, 어제까지 평범한 고등학생이었던 사람이 시험에 합격했다고 바로 사람의 생명을 구하는 소방서에 배속되지는 않는다.

우선 전용 시설에서 숙식을 하며 반 년 동안 훈련을 받는다는 이야기를, 합격 보고와 함께 들었던 것이다.

4월부터 반년 간 말이다.

그리고 오늘이 마침 반 년 후인 9월의 마지막 날이다.

"배속되는 곳도 정해졌으니 안심하라고 적혀 있었어."

"쿠니미를 누가 걱정이나 하겠냐고."

유마라면 반드시 해낼 테니까 말이다.

사쿠타가 그렇게 말하자, 리오는 웃음을 흘렸다. 그 말에 동감한다는 의미일 것이다.

"다음 주 초부터 바로 소방서 근무가 시작된다니까, 좀 자리 잡고 나면 차라도 같이 한 잔 하자네."

"쿠니미한테 월급으로 한턱 내라고 해야겠는걸."

"아즈사가와라면 그렇게 말할 것 같아서, 이미 말해뒀어."

그런 이야기를 나누다 보니, 어느새 두 사람은 후지사와 역에 도착했다.

오다큐 에노시마 선으로 한 정거장 다음인 혼쿠게누마에 사는 리오와는 「잘 가」, 「또 봐」 하고 짤막하게 인사를 나누며 여기서 헤어졌다.

밤이 되자 약간 가을 느낌이 나기 시작했다. 날씨가 시원해졌다고 느낀 사쿠타는 집을 향해 혼자 걸었다.

사카이 강의 다리를 혼자 건넌 후, 완만하게 이어진 언덕길을 올라갔다. 조그마한 공원의 옆을 지나치고 잠시 걷자, 고등학교 입학에 맞춰 이사했던 맨션이 눈에 들어왔다.

입구의 우편함이 텅 비어있는 것을 확인한 후, 마침 1층에 있는 엘리베이터를 탔다. 그리고 5층의 버튼을 눌렀다.

대학 입학에 맞춰 이사를 할까도 생각했다. 자신이 아르바이트를 해서 번 돈으로 집세를 충당할 수 있는 방으로 말이다.

결과적으로 이사를 하지 않았던 것에는 그럴 만한 이유가 있었다.

5층에 도착한 사쿠타는 엘리베이터를 내렸다. 왼쪽 끝자락의 맨션. 그곳이 사쿠타가 사는 집이다.

문을 열었다.

"나스노, 다녀왔어~."

사쿠타는 자신이 기르는 고양이에게 귀가를 알리며 현관에 들어갔다.

그 순간, 사쿠타는 위화감을 느꼈다.

집을 나섰을 때는 없었던 신발이 있었다. 그것도 두 켤레나 말이다.

"아, 사쿠타. 어서 와."

슬리퍼 발소리를 내며 현관으로 나온 이는 바로 마이였다.

"다녀왔어요. 마이 씨도 어서 와요."

"다녀왔어."

"촬영, 며칠 더 걸린다고 하지 않았어요?"

"스튜디오 촬영만 남았거든. 그래서 이렇게 돌아와 준 거야."

사실 이렇게 마이의 미소를 보는 것은 거의 한 달 만이다.

"……."

"왜 사람 얼굴을 빤히 쳐다보는 거야?"

"내 마이 씨가 더욱 아름다워진 것 같아서요."

"기쁘지?"

마이는 사쿠타를 현관에 둔 채 거실로 돌아갔다. 사쿠라는 그런 마이의 뒤를 졸졸 따라갔다.

"아, 오빠. 어서 와."

말을 한 이는 거실 소파에 드러누워 있는 카에데였다. 품에 안은 나스노와 장난을 치면서 텔레비전을 보고 있었다. 텔레비전에는 퀴즈 방송을 하고 있었다.

지금은 저 방송을 할 시간대가 아니니, 아마 녹화해둔 것을 보고 있는 것이리라. 아는 얼굴이 방송에 나왔다. 노도카와 우즈키다. 우즈키가 푼수 같은 발언을 입에 담자, 사회자와 출연자가 웃음을 터뜨렸다.

"카에데, 왔구나."

현관에 신발이 있어서 알고는 있었다.

카에데는 현재 사쿠타가 있는 후지사와 시와 부모님이 사는 요코하마 시를 오가며 생활하고 있다. 그 비율은 거의 반반이었다. 고등학생이 그런 생활을 할 수 있는 건, 통신제 고등학교에 다니기 때문이다. 스마트폰만 있으면 어디서든 수업을 들을 수 있는 것이다.

"『내일 아르바이트하는 날이니까 갈게』하고 전화로 말했잖아."

카에데는 이 집의 전화기를 쳐다보았다. 부재중 전화가 왔다는 것을 알리는 램프가 반짝이고 있었다.

카에데는 올해 봄부터 아르바이트를 시작했다. 사쿠타가 일하는 패밀리 레스토랑에서 말이다. 그런 카에데의 희망으로 이사는 중지됐다. 그 대신, 이 집의 집세를 카에데도 아르바이트 비로 조금 보태기로 했다.

"오빠, 이제 그만 스마트폰 좀 사. 응?"

"카에데의 입에서 그런 말이 나오는 날이 올 줄은 몰랐어."

카에데가 스마트폰을 가지고 싶다는 말을 했을 때도 충분히 놀랐다……. 카에데는 중학생 시절에 스마트폰을 통한 교우관계로 인해 마음에 큰 상처를 입었던 것이다.

"마이 씨도 오빠가 스마트폰을 샀으면 좋겠죠?"

"그렇기는 한데, 나는 이미 익숙해진 것 같아."

"상냥한 마이 씨에게 응석 좀 그만 부리란 말이야."

마이를 자기편으로 만드는 것에 실패한 카에데는 다시 사쿠타를 타깃으로 삼았다.

"아르바이트 비에 여유가 생기면 한 번 생각해볼게."

"또 그 소리야? 뭐, 됐어."

멋대로 납득한 카에데는 소파에서 몸을 일으켰다. 그리고 안고 있던 나스노를 바닥에 내려놓았다.

"오빠, 아직 목욕 안 할 거지? 나 먼저 씻을게."

카에데는 녹화 영상의 재생을 멈추더니, 욕실로 향했다.

"뭐야. 아직 안 씻은 거야?"

"오빠가 돌아올 때까지 기다렸단 말이야."

"뭐, 고마워."

세면장의 문이 덜컹 하는 소리를 내며 닫혔다.

아무래도 마이가 와서 신경을 써주는 것 같았다. 단둘이서 이야기를 나눌 수 있도록 말이다. 그래도 고등학생다워졌다기보다, 발랑 까졌다는 느낌이 들었다.

"사쿠타, 저녁은 먹었어?"

"먹었어요. 모임에서 먹고 아르바이트를 하러 갔거든요."

"사쿠타 취향의 귀여운 여자애는 있었어?"

기초 세미나의 모임에 참가한다는 건 어젯밤 통화 때 이미 이야기해 뒀다. 마이는 딱히 반대하지 않았으며, 오히려 다양한 사람과 교류하는 것을 긍정적으로 여겼다. 단, 「바람피우면 용서 안 할 거야」 하고 딱 잘라 말했지만 말이다…….

"없었어요."

"아쉬웠겠네."

"아, 하지만……."

"뭐야, 정말 있었어?"

"있었어요."

"흐음."

"스마트폰을 가지고 있지 않은 여대생이에요."

"……그 애, 혹시 사쿠타에게만 보이는 건 아닐까?"

마이가 이런 말을 하는 심정도 이해가 됐다. 그 정도로 드문 것이다. 스마트폰이 없는 대학생과 만난다는 건……. 적어도 사쿠타는 대학에서 처음 봤다. 자기 자신 이외에는 말이다…….

"왠지 좀 불안하니까, 다음 주에 학교 가서 확인해볼게요."

"응. 그럼 나는 돌아갈게."

마이는 소파 옆에 둔 가방을 들었다.

"어, 벌써요?"

"내일도 아침 일찍 일어나야 하거든. 수요일에는 대학에 갈 거야."

마이는 그렇게 말하며 현관을 향해 걸음을 옮겼다.

"1층까지 마중할게요."

사쿠타가 배웅을 하려고 하자, 마이는 그의 팔을 움켜잡았다.

"사진을 찍히기라도 하면 곤란하니까 여기서 헤어지자. 요즘 들어 사무소 쪽도 엄격하거든."

마이는 사쿠타를 버팀목 삼으면서, 발목에 고정하는 스트랩이 달린 펌프스를 한 짝씩 신었다.

"이번에 사온 선물을 냉장고에 넣어놨으니까, 카에데 양과 같이 먹어."

"카에데에게 빼앗기기 전에 먹을게요."

사쿠타가 그렇게 대답하자, 마이는 슬며시 웃으면서 그의 볼을 향해 양손을 내밀었다.

"왜 그래요?"

문어처럼 입이 쑥 튀어나온 상태인 사쿠타가 그렇게 묻자…….

"아무 것도 아냐."

마이는 재미있다는 듯이 웃으며 그렇게 말했다.

아마 오래간만에 사쿠타를 만나서 마음이 약간 들뜬 것 같았다.

사쿠타는 그런 마이에게 장난을 치고 싶었다.

그저 그뿐이다.

마이가 즐거우면, 그걸로 됐다.

별다른 이유가 없더라도, 그저 마이의 미소를 볼 수 있다면 충분하다.

사쿠타의 볼에서 두 손을 뗀 마이는 「그럼 갈게」 하고 말하더니, 손을 가볍게 힘들며 돌아갔다.

즐거워 보이는 마이의 여운에 잠시 동안 잠겨 있던 사쿠타는 곧 조용히 현관문을 잠갔다.

4

10월 3일 월요일은 아침부터 비가 추적추적 내렸다.

이 날의 수업은 오전 10시 30분에 시작하는 2교시부터다. 천천히 잠에서 깨어난 사쿠타는 느긋하게 외출할 준비를 한 후, 9시 15분경에 「오빠, 잘 다녀와」 하고 말하는 카에데에게 배웅을 받으며 집을 나섰다.

기온은 가을에 약간 다가섰지만, 눅눅한 공기는 여름 느낌이 물씬 났다. 발목이 드러나는 바지와 티셔츠 차림이 딱 적당했다.

올해도 여름은 좀처럼 끝나지 않았다. 겨우겨우 여름이 끝났다는 생각이 들 때면, 아마 겨울이 찾아왔을 것이다.

해가 갈수록 가을이 짧아지는 것처럼 느껴지는 건 착각인 걸까.

그런 생각을 하는 사이, 후지사와 역에 도착했다. 통근 및 통학 시간 막바지라 그런지, 교복 차림의 학생은 보이지 않지만 회사원과 대학생으로 보이는 이들도 꽤 많았다.

이 역의 2층에 있는 JR의 개찰구를 통과한 사쿠타는 토카이도 선의 플랫폼으로 향했다. 잠시 기다리자, 32분에 출발하는 코가네이 행 전철이 플랫폼에 들어왔다.

평소와 다름없는 전철, 평소와 다름없는 차량을 타고 20분가량 이동했다.

요코하마 역에서 전철을 내린 사쿠타는 차체가 빨간색인 케이큐 선으로 갈아탔다. 개와 흡사한 형태를 한 카나가와 현의 앞발 끝부분…… 미사키구치까지 가는 특급 전철이다. 특급이라고 해도 요금이 특별하지는 않다. 일반 요금으로 탈 수 있다.

혼잡을 피해 약간 앞쪽에 탔다.

전철이 달리기 시작하자, 문 옆에 서서 창밖을 쳐다보았다. 입학 초기에는 밖을 봐도 어디쯤인지 알 수 없었지만, 반 년 가량 지나자 대략적인 위치를 알 수 있었다. 창밖의 건물과 시설에 관한 지식을 지언스럽게 습득한 것이다.

한동안 달리자, 이 지역에서 야구를 잘하는 고등학교가 보였다. 이곳이 보인다는 건, 사쿠타가 다니는 대학에서 가장 가까운 역 근처까지 왔다는 의미이기도 했다.

사쿠타는 내려야 할 역에 도착할 때까지, 심심풀이 삼아 차량 내부의 광고를 쳐다보았다. 마이가 표지를 장식한 패션 잡지의 광고가 있었다. 대학생으로 보이는 여자 두 사람이 「저 옷, 귀엽네」, 「사쿠라지마 마이가 입었으니까 귀여운 거야」, 「그건 그래……」 같은 대화가 들렸다.

"실물은 훨씬 귀엽잖아."

"세상 참 불공평하다니깐."

두 사람 다 마이를 두 눈으로 본 적이 있는 것 같았다. 이 시간대에 이 전철에 탄 것을 보면, 사쿠타와 같은 대학의 학생일 것이다. 그렇다면 사쿠타에 대해서도 알고 있을 가능성이 크다.

괜히 쳐다보다 상대방이 알아보기라도 하면 곤란할 거라고 생각한 사쿠타는 고개를 돌렸다. 그리고 고개를 돌리자, 사쿠타가 아는 인물이 눈에 들어왔다.

사쿠타의 위치에서 대각선에 위치한 문…… 그 앞에 아카기 이쿠미가 서있었다. 한쪽 어깨가 문에 닿아 있지만, 등을 꼿꼿이 세우고 있었다. 두 손으로 쥔 두꺼운 책의 표지에는 알파벳만 적혀 있었다. 아마 본문도 영어로만 된 해외 서적일 것이다. 그녀는 진지한 눈빛으로 그 책에 집중하고 있었다.

그녀와는 중학생 때 같은 반이었다.

그리고 대학에 입학하면서, 3년 만에 재회했다.

하지만, 그 날 이후로 대화를 나눈 적이 없다.

―아즈사가와 군, 맞지?

―아카기, 맞지?

―응. 오래간만이야.

그 대화로 끝이다. 그 후 곧 노도카가 나타났고, 이쿠미는 「그럼 안녕」 하고 말하며 사라졌다. 그 후로 이쿠미는 사쿠타에게 말을 걸지 않았다. 사쿠타도 캠퍼스 안에서 그녀를 보더라도, 일부러 말을 걸지는 않았다.

중학생 때도 딱히 친하지는 않았다. 서른 명 가량 되는 반 애들 중 한 명에 불과했다. 졸업 후에도 이름을 기억할지 의문인 상대였다.

고등학교에서 보낸 3년간의 공백기 후에 재회했지만 딱히 특별한 감정이 샘솟지는 않았으며, 그 순간부터 무언가가 시작되지도 않았다.

그것은 이쿠미도 마찬가지 아니었을까. 입학식 때 아는 이가 보여서 무심코 말을 걸고 말았을 뿐이리라.

반 년 동안 이쿠미에 대해 알게 된 것이라고는 그녀가 간호학과에 속해있다는 것 정도다.

사쿠타가 다니는 대학에는 의학부가 있으며, 그 안에는 간호사를 양성하는 간호학과가 있다. 의학부에는 전용 캠퍼스가 있지만, 1년차만은 일반교양이 중심이기 때문에 카나자와 핫케이의 캠퍼스에 다닌다. 이쿠미도 그런 이들 중 한 명이다.

실제로 지난주의 친목회에는 간호학과 남학생 두 명과 의학부 여학생 한 명이 참가했었다.

사쿠타의 시선을 눈치챈 이쿠미가 사쿠타를 돌아보았다. 일전에 쓰고 있었던 안경을 지금은 쓰고 있지 않다. 이쿠미의 눈은 사쿠타를 똑바로 향하고 있었다. 눈을 두 번 깜빡였다. 표정은 책을 보고 있을 때와 똑같았다. 그리고 눈을 세 번째 깜빡인 후, 이쿠미는 다시 원래 자세로 되돌아갔다. 한쪽 어깨를 문에 댄 채, 어느새 비가 그친 창밖을 한순간 쳐다보았다.

오늘도 사쿠타와 아카기 이쿠미는 아무 대화도 나누지 않은 가운데, 두 사람을 태운 전철은 대학이 있는 카나자와핫케이 역에 도착했다.

플랫폼에 도착한 사쿠타는 계단을 올라간 후, 개찰구를 통과했다. 보수 공사를 마치고 얼마 지나지 않은 카나자와핫케이 역의 입구 부근은 근대적으로 지은 새 건물 느낌이 났다.

예전에는 조금 떨어진 곳에 있던 시사이드 라인의 역도 이어져 환승도 편해졌다.

대학에 가기 위해서는 역에서 서쪽으로 이어지는 통로와 계단을 이용하면 된다. 그곳은 넓고 걷기 쉬운 입체보행로가 깔려 있다. 계단을 내려가서 선로를 따라 3분 정도 걸으면 도착한다. 학생들이 드문드문 걷고 있었다. 대학교에 속한 학생의 숫자만 보면 고등학교의 다섯 배는 되지만, 수업 시간이 개개인에 따라 다르기 때문에 고등학생 때의 등교 시간에 비해 역이 꽤나 한산했다.

지금은 2교시부터 수업이 있는 학생들이 등교할 시간이다.

사쿠타는 그런 학생들에 섞여서 정문을 통과했다. 그러자, 쭉 뻗은 은행나무 가로수길이 사쿠타를 맞이했다. 이 길은 부지 한가운데를 일직선으로 뻗어있다.

시험을 치르러 왔을 때도, 사쿠타는 이 가로수길을 보며 『대학교 느낌 나네』하고 생각했다. 영화와 드라마에 등장하는 대학교 풍경과 비슷하다고 느낀 것이다.

정문 왼편에는 입학식 등에 쓰이는 종합 체육관이 있다. 그 너머에는 운동장에서 대여섯 명의 학생들이 달리기를 하고 있었다. 수업이 없는 축구부 부원이 자율적으로 훈련을 하고 있는 걸까. 고등학생에 비해 동아리 시간도 자유로울 것이라는 생각이 들었다.

그런 운동장과 가로수길을 사이에 두고 반대편에 있는 3층 건물이 바로 대학 수업을 하는 본관 건물이다. 언뜻 보면 일반적인 건물 같지만 실제로는 가운데 부분이 텅 비어 있으며, 그곳은 안뜰로 꾸며져 있다. 오늘 2교시 수업 장소는 본관 건물이다.

대학 부지의 한가운데…… 대학의 상징이라 할 수 있는 시계탑 앞에서 사쿠타는 오른쪽으로 향했다.

바로 그때, 뒤편에서 뛰어오는 누군가의 발소리가 들렸다. 그리고 누군가가 사쿠타의 등을 가볍게 두드렸다.

"여어, 아즈사가와."

"후쿠야마구나."

사쿠타의 옆에 나란히 선 이는 후쿠야마 타쿠미였다. 사쿠타가 대학에 입학한 후, 처음으로 이야기를 나눈 상대다. 「사쿠라지마 마이와 사귄다는 게 진짜야?」 하고 그에게 처음으로 물었던 인물이기도 했다. 그 후로 선택한 수업 중 겹치는 게 많아서, 자연스럽게 함께 행동하는 일이 잦았다.

"금요일에는 그 후로 어떻게 됐습니까?"

타쿠미는 흥미에 찬 표정으로 사쿠타에게 물었다.

"뭐가 말이야?"

사쿠타는 그 말이 무슨 뜻인지 감도 오지 않았다.

"남자들이 단체로 너를 원망했다고. 네가 미토 양을 채갔다면서 말이야."

"그런 적 없어."

"단둘이서 사라졌잖아?"

"친목회가 끝나서 돌아간 거야. 나는 아르바이트를 하러 가야 해서, 역 앞에서 헤어졌어."

"뭐야, 재미없네. 무슨 일 있었다면 그것도 그것대로 열

받겠지만."

대체 어쨌으면 좋겠다는 건지 감이 오지 않았다.

사쿠타는 타쿠미에게 이런저런 말을 들으며 건물 안으로 들어갔다. 계단으로 3층까지 천천히 올라갔다.

그 사이에도 타쿠미는 계속 말을 이었으며, 2차인 노래방에서 무슨 노래를 불렀다, 누가 노래를 잘 불렀다, 키리시마 토코의 곡이 인기 있었다, 같은 말을 사쿠타에게 했다.

"키리시마 토코는 아직 인기가 있나 보네."

들어본 적이 있는 이름이었기에, 사쿠타는 그렇게 되물었다. 인터넷을 중심으로 활동을 시작했으며, 10대부터 20대 초반 세대에 절대적인 지지를 받고 있는 가수다. 얼굴은 노출된 적이 없기에, 그 정체에 관해서도 억측만이 이어지고 있었다. 알려진 것은 여성이라는 점, 그리고 아직 10대 후반에서 20대 초반 정도라는 점뿐이다.

"아직 인기 있다기보다는 지금이 절정, 아니, 앞으로 더 잘 나갈걸?"

잘은 모르겠지만, 키리시마의 인기는 건재한 것 같았다. 인터넷 가수의 곡이 노래방에 들어왔다는 것도 사쿠타는 오늘에서야 알았다.

"이거 좀 봐."

타쿠미는 스마트폰을 내밀었다.

화면에는 잔디 위에 맨발로 선 누군가의 발치가 나오고

있었다. 호리호리한 것을 보면 여자의 다리 같았다. 그렇게 생각한 순간, 아름다우면서도 힘찬 아카펠라 노랫소리가 들려왔다.

카메라의 화면이 바뀌더니, 이번에는 그녀의 등을 비췄다. 풍경도 보이더니, 스타디움의 중앙에 서있다는 것을 알 수 있었다. 관객은 한 명도 없었다. 스타디움이 눈에 익은 것을 보면, 아마도 요코하마 국제 경기장일 것이다.

이번에는 옆에서 입가를 촬영한 화면이 나왔다. 후렴구 부분을 노래하고 있었다.

모든 앵글이 극단적으로 가까웠으며, 그녀의 전체적인 모습은 단 한 컷도 비치지 않았다. 얼굴 또한 입술 아랫부분만 나왔다. 누군가를 닮은 느낌이 들었지만, 답을 찾기도 전에 노래는 끝났다.

마지막으로 여자의 귓가가 비치면서, 최신형 와이어리스 이어폰의 광고라는 것을 알 수 있었다.

"이건 키리시마 토코의 곡이야."

타쿠미가 그 점을 알려줬다.

"그럼 광고에 나온 사람이 키리시마 토코야?"

"그렇지 않다더라고."

"뭐?"

"방금 그건, 노래를 잘하는 수수께끼의 미녀래."

왜 얼굴이 나오지 않았는데 미녀라는 것을 알 수 있는 걸까. 확실히 미녀 같은 분위기를 풍겼지만…….

"커버곡이라는 건가봐."

"그럼 방금 광고 속 미녀는 누구야?"

얼굴이 계속 보이지 않았기에, 좀 신경이 쓰였다.

"그러니까, 수수께끼라고."

"정체불명이라는 거구나."

"그래."

여러모로 복잡했다. 키리시마 토코는 수수께끼의 인터넷 가수다. 그리고 키리시마 토코의 노래를 부르는 미녀 또한 정체불명인 것이다.

"아, 하지만 사쿠라지마 마이일지도 모른다는 소문이 돌기는 해."

"마이 씨였다면 얼굴을 드러내는 편이 광고 효과도 좋을 텐데…….'

아역 시절부터 활약해온 데다, 최근에 아침 드라마의 여주인공으로 인기를 모은 그녀는 폭넓은 연령층에 잘 알려져 있다. 그리고 방금 그 사람이 마이라면 사쿠타가 알아보지 못했을 리가 없다. 발치와 뒷모습, 입가만 보였더라도 말이다.

"그게 아니라, 키리시마 토코의 정체가 사쿠라지마 마이라는 소문이야."

그것은 사쿠타가 처음 듣는 이야기였다.

"지금도 그 설을 믿는 사람이 꽤 있나봐."

타쿠미는 스마트폰을 보면서 그렇게 말했다. 아무래도 지금 검색을 해본 것 같았다.

"발밑 조심해."

타쿠미가 걸으면서 스마트폰을 하다 계단에서 구른다면, 사쿠타도 꿈자리가 뒤숭숭할 것 같았다.

"혹시 나한테 마음이 있는 거야?"

방금 그 농담은 못 들은 걸로 했다.

"참고로 아즈사가와는 어떻게 생각해? 키리시마 토코의 정체가 사쿠라지마 마이라는 설 말이야."

"그럴 리가 없잖아."

적어도 사쿠타는 마이에게서 아무 말도 듣지 못했다. 애초에 사쿠타에게 키리시마 토코를 알려준 사람이 바로 마이다. 사무소의 후배에게서 요즘 유행한다는 말을 들었다면서, 마이도 들어보고 있었을 때였다.

"목소리가 좀 비슷하다는 생각이 들긴 해."

바로 그때, 두 사람은 301호실 앞에 도착했다. 오늘은 이곳에서 제2외국어 수업을 듣는다. 사쿠타가 선택한 것은 스페인어였다.

"그럼 나중에 봐."

"그래."

한자라면 어느 정도는 의미를 알 수 있을 것이다……라는 이유로 중국어를 선택한 타쿠미와 복도에서 헤어진 사쿠타는 혼자서 교실 안에 들어갔다.

　교실에 들어서자마자 큰 웃음소리가 들렸다. 입구 근처의 자리에 앉아있던 여성 5인조의 웃음소리였다. 다들 노란색과 옅은 카키색 사이의 색상을 한 끝자락이 긴 치마를 입었으며, 상의 또한 비슷한 디자인의 티셔츠였다. 신발은 운동화였다. 아이돌 그룹의 의상이라고 해도 납득이 될 만큼 통일되어 있었다.

　사쿠타가 복장 관련으로 남을 지적할 처지는 아니지만 방금까지 같이 있었던 타쿠미도 티셔츠에 이지 팬츠, 검은색 가방 차림이었던지라 사쿠타와 2인조 그룹 느낌이었던 것이다. 참고로 사쿠타의 가방은 마이가 대학 합격을 축하해 선물해준 것이다.

　즐겁게 수다를 나누고 있는 여자 그룹 옆을 지나친 사쿠타는 복도 쪽의 한가운데 자리에 앉았다. 3인용 테이블 세 개가 나란히 줄지어 놓인 교실이었다. 고등학교 교실과 폭은 거의 비슷하며, 길이가 약간 길었다. 그래서 넓다기보다 길다는 느낌이 들었다.

　가방에서 스페인어 교과서와 오늘 학원 아르바이트에서 쓸 수학 교재를 꺼냈다. 그리고 수학 교재를 펼쳤다.

　사쿠타는 야간에 할 수업에 대비해, 연습 문제를 풀어봤다.

　그리고 공책에 계산식을 적고 있을 때였다.

"여기 앉아도 될까요?"

옆에서 목소리가 들렸다.

고개를 들어보니, 눈에 익은 이의 얼굴이 보였다.

지난 주 금요일, 기초 세미나의 친목회에서 만났던 미토 미오리다. 오늘도 하프업 스타일의 경단 머리가 눈길을 끌었다.

"굳이 따지자면, 안 돼요."

교실에 도착하기 전에도 타쿠미에게서 그녀를 채갔다는 의혹을 받았다. 그래서 남자들에게 단체로 원성을 산 것 같았다. 사쿠타는 가능하면 괜한 트집을 잡히고 싶지 않았다.

"뭐, 그래도 앉을 거지만요."

그렇게 말한 미오리는 긴 치마를 손으로 누르며 자리에 앉았다.

"교실에 빈자리가 많은데요."

"보아하니 이 반에 아는 사람이라고는 아즈사가와 군 뿐이라서요."

"친구와 같은 과목을 선택하면 좋았을 텐데요."

제2외국어는 스페인어, 중국어 외에도 독일어, 프랑스어, 이탈리아어 등이 있다. 친구가 없다는 것은 지난주의 첫 수업 때 알았을 것이다.

"하아……."

사쿠타가 그렇게 말하자, 미오리는 한숨을 내쉬었다.

"……."

사쿠타는 못 들은 척을 하면서 공책에 문제를 계속 풀었다.

"하아……."

그러자 아까보다 큰 한숨소리가 들렸다.

"미안해. 나, 성가시지?"

"사과할 정도는 아니니까 개의치 마."

사쿠타는 방정식을 계속 풀었다.

"그 말은 성가시긴 하다는 거네?"

"혹시 안 좋은 일이라도 있었어?"

사쿠타는 건성으로 그렇게 물었다.

"들어줄 거야?"

"들어줬으면 하는 거잖아?"

"여름방학 때 말이지? 마나미 네는 바다에 갔었대."

"그래서?"

"나한테는 연락도 안 했어."

미오리는 입술을 삐죽 내밀며 불만에 찬 표정을 지었다. 검지에 걸고 있는 마스코트 캐릭터 키홀더를 원망스럽다는 듯이 노려보았다. 바다에 다녀온 친구들이 준 선물일 것이다.

"산포짱이네. 그 친구, 꽤 안목이 있는걸."

"이 캐릭터, 알아?"

"이래봬도 후지사와에서 3년이나 살았거든."

정확한 명칭은 에노시마 산포짱이다. 후지사와 시의 매력을 전하기 위해 활동하고 있는, 공식적인 비공식 마스코트

캐릭터다.

"하지만 연락을 안 한 건 스마트폰이 없어서일걸?"

사쿠타가 타당한 의견을 내놓자, 미오리는 그를 힐끔 노려보았다.

"「바다에서 미남한테 헌팅 당했어!」 같은 자랑이라도 들은 거야?"

"아무 말도 안 하는 걸 보면, 그런 일은 없었던 것 같아."

미오리는 평소 같은 표정을 짓더니, 손가락에 걸린 키홀더를 필통 지퍼에 달았다.

"「나를 데려갔으면 헌팅 당했을 텐데」 하고 얼굴에 적혀 있네요."

"그런 표정 안 지었어요. 생각만 했을 뿐이에요."

미오는 턱을 괴면서 푸념을 늘어놓았다.

"성격 한 번 끝내주네."

사쿠타는 무심코 웃음을 터뜨렸다.

"아~, 친구란 대체 뭘까……."

"……."

"「이 애, 문제 있네」 하고 얼굴에 적혀 있어."

미오리는 턱을 괸 채 사쿠타를 흘겨보았다.

"네 얼굴에는 「이 애, 문제 있는데다 성가시기까지 하네」 하고 적혀 있는걸."

"성격 한 번 끝내주네."

"꼭 그렇지도 않아."

사쿠타가 겸손해 하자, 미오리는 어이없다는 듯이 웃었다. 그리고 세 번째 한숨을 내쉬었다. 이번에는 일부러 내쉰 것이 아니다. 자연스럽게 흘러나온 느낌이었다.

"사과의 의미로 다음에 저를 위해 미팅을 주선해주겠다고 하네요."

"그거 잘됐네."

"……."

미오리의 눈동자에 또 불만이 어렸다.

"불만이 있으면 「나를 미끼삼아서 미남과 미팅하고 싶은 것뿐이잖아?」 하고 딱 잘라 말해주지 그래?"

미오리가 있으면 참가하는 남자의 레벨이 올라가는 건 틀림없다. 지난주 친목회 때의 반응이 그 사실을 증명하고 있었다.

"아즈사가와 군은 나를 대체 어떤 애라고 생각하는 거야?"

"혼자만 인기가 많은 탓에, 바다에 가려는 친구들한테 따돌림 당한 귀여운 여자애라고 생각해."

사쿠타는 문제를 풀면서 자신의 생각을 솔직하게 말했다.

"성격 참 배배 꼬였네."

사쿠타에게 불평을 늘어놓으면서도, 미오리의 태도는 그가 방금 한 말을 반쯤 인정하고 있었다. 미오리 또한 따돌림을 당한 이유를 자각하고 있는 것이다. 비슷한 일이 전에도 몇 번 있었으리라. 아니, 몇 번이나, 라는 말이 적절할지도 모른다. 그런 취급에 이미 질린 것이 느껴졌다.

"그렇게 싫으면 미팅도 안 가면 되지 않아?"

사쿠타가 그렇게 말했을 때였다.

"미팅? 나도 해보고 싶어!"

바로 그때, 힘찬 목소리가 들렸다. 목소리만이 아니었다. 한 여자가 사쿠타와 미오리 뒤편에서 둘 사이로 몸을 쑥 내민 것이다.

그 사람은 사쿠타가 아는 인물이었다. 대학에 입학하기 전부터 알고 지내던 사람이다.

히로카와 우즈키다.

"아이돌이 미팅을 하면 안 되잖아."

"흐흡 흐흣~."

아마 그건 그래~ 하고 말한 것이리라. 발언을 제대로 하지 못한 것은 우즈키가 타피오카 밀크티의 빨대를 물고 있기 때문이다.

우즈키가 왜 이 대학에 있냐면, 그녀도 이 대학의 학생이기 때문이다. 사쿠타와 마찬가지로 통계과학부에 속해 있다.

일찌감치 대학에 진학하겠다고 선언한 노도카에게 감화되어서, 자기도 대학에 가고 싶다는 생각을 한 것 같았다.

하지만 우즈키가 수험을 친다는 이야기를 못 들었던 사쿠타는 입학식이 끝난 후에 노도카와 함께 나타난 우즈키를

보고 놀랐다.

사쿠타가 우즈키를 계속 쳐다보자, 그녀는 착각을 한 건지…….

"오빠 분도 마실래?"

……하고 말하며 타피오카 밀크의 빨대를 사쿠타에게 내밀었다.

"사양할게."

현역 아이돌과 간접 키스를 하는 건 좋지 않을 것 같다는 생각이 들었다.

"타피오카, 요즘 마이 붐인데?"

"내가 마셨다간 타피오카만 잔뜩 남을 거야."

"맛있는데?"

"아마 재능이 없어서 그럴 거야."

"그럼 어쩔 수 없네."

마지막 부분만 기적적으로 맞물렸다. 표면적으로만 말이다…….

우즈키는 또 빨대로 타피오카를 빨아먹었다. 달콤한 향기가 풍기며 입안을 오물거린 우즈키가 사쿠타와 미오리를 번갈아 쳐다보았다.

"오빠 분의 새 여자친구?"

무슨 소리를 하나 했더니, 이상한 질문을 던졌다.

"아냐."

"귀여운데?"

"이 사람은……."

사쿠타가 말끝을 흐린 것은 미오리와 자신이 어떤 관계인지 단적으로 표현할 말이 머릿속에 떠오르지 않았기 때문이다. 지난 주 금요일에 처음으로 통성명을 했을 뿐, 서로에 대해 잘 알지 못했던 것이다.

"친구 후보인 미토 미오리라고 해요."

사쿠타를 대신해, 미오리가 그렇게 대답했다.

"오빠 분의 친구인 히로카와 우즈키예요!"

두 사람을 손을 뻗어서 활기차게 악수를 했다. 손을 너무 위아래로 흔든 바람에, 미오리는 머리까지 흔들렸다.

"왜 오빠 분이라고 불리는 거야?"

격렬한 인사를 마친 후, 미오리가 사쿠타에게 그런 질문을 던졌다.

"카에데 양의 오빠 분이니까, 오빠 분이라고 부르는 거야."

그 질문에는 우즈키가 답했다.

우즈키는 자신과 사쿠타의 인간관계를 카에데를 축으로 생각하는 것 같았고, 그래서 처음 만났을 때부터 그를 그렇게 불러왔다.

"아즈사가와 군은 여동생이 있구나. 그 여동생 분은 히로카와 양과 사이가 좋은 거야?"

"금방 이해해줘서 다행이야. 뭐, 사이가 좋다기보다는 팬에 가까워.」

사쿠타가 미오리에게 설명을 하는 사이, 우즈키는 교실 앞쪽으로 뛰어갔다.

「다들, 안녕~!」

무대 위에서 팬에게 인사를 하는 것처럼 우즈키는 텐션이 높았다. 앞쪽에 모여 있던 여자 그룹이 「안녕」 하고 대답했다.

5인조에 우즈키가 끼자, 6인조가 됐다. 하지만 다섯 명의 복장이 깔끔하게 맞춰져 있어서 그런지, 다리 라인이 확연이 드러나는 스키니 바지에 롱 카디건을 멋지게 소화하고 있는 우즈키만 눈에 확 띄었다. 한순간 미운 오리 새끼라는 말이 머릿속을 스쳤다. 이미 백조가 된 상태지만……

「아즈사가와 군은 말이야.」

미오리는 불만이 있는 어조로 말했다.

「왜?」

「아는 사람 중에 귀여운 여자애가 많네.」

「미토도 그 중 한 명일걸?」

「그런 의미에서 물은 게 아니거든?」

미오리는 「성격 참 꼬였네」 하고 말하며 입술을 삐죽 내밀었다.

그리고 「어?」 하고 말하며 의아한 표정을 지었다.

「방금, 미토라고 했어?」

「친구 후보라며? 그러니 거리를 좀 좁혀볼까 해서 말이야.」

사쿠타는 수학 예문을 겨우 풀었다. 이제 수업 시간에 자신의 학생들에게 이해시키기만 하면 된다.

　"아즈사가와는 좀 기네."

　"그래서?"

　"아즈사?"

　"전철 이름 같네."

　"사가와?"

　"택배 회사 이름 같네."

　"이름으로 부르면 괜히 친한 척 하는 것 같으니까, 아즈사가와 군이라고 부를래."

　돌고 돌아서 원점으로 돌아왔을 즈음, 스페인어 선생님이 교실에 들어왔다.

5

　"오늘은, 이쯤에서 끝내겠습니다."

　오전 10시 30분에 시작된 2교시 수업은 예정된 시간대로 90분 후…… 12시 정각에 끝났다.

　"아스따 라 쁘록시마 세마나!"

　다음 주에 또 보자는 말을 하며, 스페인어 교사인 페드로가 교실에서 나갔다.

　"아스따 루에고!"

또 봐요, 하고 밝은 목소리로 말한 이는 우즈키다. 그녀는 힘차게 손을 흔들고 있었다.

그러자 페드로는 미소로 답했다.

활기찬 성격인 스페인 사람은 우즈키의 텐션도 잘 받아 줬다.

페드로가 나가는 것과 동시에, 타쿠미가 이 교실에 얼굴을 비췄다.

"아즈사가와, 점심 어떻게 할 거야?"

사쿠타를 발견하자마자 그렇게 말한 타쿠미의 시선이 도중에 옆으로 쏠렸다. 현재 타쿠미의 눈에는 토트백에 교과서를 넣고 있는 미오리가 비치고 있었다.

"챠오."

스페인어로 「또 봐」라는 의미의 말을 친근한 어조로 입에 담은 미오리가 가볍게 손을 흔들며 자리에서 일어났다. 그리고 타쿠미의 옆을 지나치더니, 복도로 사라졌다.

"아즈사가와 군, 어떻게 된 거지요?"

사쿠타에게 다가온 타쿠미가 양손으로 책상을 내려치며 그렇게 외쳤다.

"오늘 아침에는 아무 일도 없었다고 말했지 않나요?"

"아까 친구 후보로 승격됐어."

"나도 좀 끼워달라고~."

"그런 건 미토에게 물어봐."

"이미 경칭도 생략하는 사이인 거야. 역시 사쿠라지마 마이를 차지한 남자는 차원이 다르네……."

타쿠미는 공허한 눈길을 머금으며 그렇게 말했다.

그러고 있을 때, 교실 앞쪽에 있던 우즈키를 포함한 그룹도 점심을 어떻게 해결할지 의논하기 시작했다.

"학생식당 갈까?"

"요코이치동 먹고 싶어!"

가장 먼저 말을 한 사람은 우즈키였다. 요코이치동은 이 대학의 명물 덮밥이며, 매콤달콤하게 만든 다진 닭고기 볶음과 온천 달걀을 쌀밥 위에 얹은 메뉴다.

그 말을 들으니, 사쿠타도 먹고 싶어졌다.

"그럼 식당에 가자."

하지만 곧 우즈키는 「앗」 하고 말하며 뭔가가 생각난 것 같은 반응을 보였다.

"오늘 촬영이 있어서 이만 가봐야 할 것 같아. 미안해."

그리고 양손바닥을 맞대더니, 미안하다는 듯이 다른 이들을 향해 고개를 숙였다.

"지난번과 같은 패션 잡지야?"

"그거, 귀여웠어."

"이번에도 나오면 꼭 살게."

"나도 살 거야."

"촬영, 힘내."

주위의 여자들이 밝은 목소리로 우즈키를 향해 그렇게 말했다.

"아스따 마냐나!"

그 말에 답하듯 내일 보자고 스페인어로 말한 우즈키는 힘차게 손을 흔들며 교실을 빠져 나갔다.

그러자 여자들은 갑자기 대화를 멈췄다. 그리고 곧⋯⋯.

"뭐 먹을래?"

"매점 어때?"

"나, 어제 좀 많이 먹어서 샌드위치로 간단히 때우고 싶었어. 잘 됐네."

"이해해. 실은 나도 그렇거든."

"그럼 가자."

그녀들은 아까와 전혀 다른 텐션으로 그런 이야기를 나누더니, 웃으면서 교실을 나섰다.

누구 한 명, 우즈키에 관한 이야기를 하지 않았다.

그녀들이 완전히 복도로 나간 후⋯⋯.

"여자들은 무시무시하네⋯⋯."

타쿠미가 그렇게 중얼거렸다.

"인간은 다들 저렇잖아."

본인이 이 자리에 있을 때는 친한 척을 하고 있으니, 중학생이나 고등학생 때보다는 인간관계에 여유가 있는 것 같았다. 「반」이 존재할 때는 다들 더 철저하게 선을 긋는 습관이 있었고, 호불호의 경계선이 훨씬 명확했다.

대학은 절충이 허용되는 느슨한 분위기가 존재하며, 그것을 통해 관계가 성립되고 있는 것이다.

"아즈사가와도 좀 무서워."

"빨리 안 가면 식당에 자리가 없을 거야."

식당은 시계탑에서 가로수길을 따라 쭉 나아간 곳에 있으며, 길 끝에서 왼쪽으로 돌면 눈에 들어온다. 홀과 매점도 있는 건물이며, 그 건물의 1층이 식당이다.

점심 식사 시간의 피크 타임인 지금은 400석이나 되는 자리가 대부분 채워져 있었으며, 빈자리를 찾는 것도 힘들었다.

사쿠타는 남자 셋이 막 몸을 일으킨 테이블을 확보했다. 곧 타쿠미가 사쿠타 몫의 음식을 들고 왔다.

두 사람 다 요코이치동이었다.

일반 사이즈가 300엔으로 저렴했다. 학생 식당의 메뉴는 전체적으로 가격이 싸며, 우동이나 메밀국수는 100엔대였다. 학교 식당은 굶주린 학생들의 위장을 채워주는 믿음직한 아군이다.

대학 관계자가 아닌 가족들이나 아주머니 집단이 드문드문 보였지만, 외부인도 이용 가능한 시설이니 문제될 것은 없다. 최근에는 여러 대학이 인근 지역과의 교류를 겸해 이런 시도를 폭넓게 하고 있다. 그 때문에 학교 식당을 세련된 카페 느낌으로 꾸민 대학도 많다. 텔레비전 특집 같은 데서 본 적이 있다.

약 5분 후, 사쿠타와 타쿠미는 덮밥을 전부 먹었다. 그리고 학교 식당의 공짜 차로 목을 축이고 있을 때였다.

"아즈사가와, 저한테 여자애 좀 소개 부탁드립니다"

타쿠미가 이제는 입버릇이 된 소리를 늘어놓았다.

"친목회에서 연락처를 교환했던 여자애는 어떻게 됐어?"

"답장이 없습니다."

"거 참 안 됐네."

"토요하마 양이라도 괜찮아."

"그딴 소리를 토요하마가 듣는 데서 했다간 혼쭐이 날 거야. 그 애는 화를 잘 내거든."

사쿠타는 차를 한 모금 더 마셨다. 바로 그때, 학교 식당의 입구에서 반짝이고 있는 인물이 눈에 들어왔다. 그와 동시에 호랑이도 제 말 하면 온다, 라는 속담이 사쿠타의 머릿속을 스쳤다.

대학 안에서는 금발 학생이 여럿 있지만, 저 인물은 그 중에서도 가장 정성들여 손질을 된 아름다운 금발머리의 소유자다. 캠퍼스 안에서는 자랑거리인 금발을 아래편에서 모은 후, 어깨 언저리에서 앞쪽으로 흘러내리게 했다.

노도카는 누군가를 찾고 있는 건지, 학교 식당 안을 둘러보고 있었다.

곧 사쿠타는 노도카와 시선이 마주쳤다. 그러자 노도카가 성큼성큼 다가왔다. 아무래도 그녀가 찾던 사람은 사쿠타 같았다.

"겨우, 찾았네."

마치 사쿠타가 잘못했다는 말투였다.

"무슨 일 있어?"

노도카의 시선이 사쿠타와 같이 있는 타쿠미를 향했다.

"사쿠타 좀 잠시 빌려갈게."

"예, 뜻대로 하시지요."

타쿠미는 사쿠타를 순순히 내줬다. 노도카는 그대로 돌아서더니, 출구를 향해 성큼성큼 걸음을 옮겼다. 따라가지 않았다간 또 한 소리 들을 것 같았기에, 사쿠타는 식기를 반납구에 가져다둔 후에 노도카를 쫓아갔다.

밖으로 나간 사쿠타와 노도카는 한동안 걸음을 옮긴 후, 연구동 쪽에 있는 벤치에 앉았다. 근처에서는 댄스부가 건물의 유리창을 거울삼아 스텝 연습을 하고 있었다.

노도카는 그 모습을 한동안 쳐다보기만 할 뿐, 아무 말도 하지 않았다.

"무슨 일이야?"

어쩔 수 없이, 사쿠타가 먼저 입을 열었다.

"……오늘, 우즈키를 만났어?"

"그래. 스페인어 수업을 같이 들었어."

노도카도 알고 있으니, 사쿠타를 만나러 온 것이리라.

"무슨 말 못 들었어?"

"무슨 말 말이야?"

"……."

"사람을 이렇게 끌고 왔으면, 괜히 뜸 들이지 말고 그냥 털어놓지 그래?"

"우즈키, 어때 보였어?"

사쿠타가 농담을 했지만, 노도카의 표정에는 변함이 없었다. 연습을 하고 있는 댄스부를 지그시 쳐다보며 말을 이을 뿐이었다.

"평소와 별반 다르지 않았다고 생각하는데."

적어도 사쿠타는 위화감을 느끼지 못했다.

사쿠타와 미오리의 대화에 갑자기 끼어든 것도, 타피오카를 권한 것도, 그 후에 여자 그룹에 힘찬 목소리로 합류한 것도, 새로 배운 스페인어를 누구보다 적극적으로 쓰는 것도…… 그리고 우즈키가 사라진 후에 여자 그룹이 그녀에 관한 이야기를 바로 중단한 것도 평소와 다름없었다.

"나에 대해 무슨 말 안 해?"

"안 하던걸."

"스위트 불릿에 대해서는?"

"아무 말도 안 했어."

"그랬구나……."

사쿠타는 노도카가 무슨 말을 하는 건지 도통 알 수가 없었다.

"대체 무슨 소리를 하는 거야?"

사쿠타가 그렇게 말하자, 노도카는 그제야 그를 쳐다보았다. 그녀의 눈은 화난 것처럼, 그리고 난처한 것처럼 보였다.

"어제, 일이 좀 있었거든……."

"어떤 일?"

"다퉜다고나 할까……."

"다퉜다고……?"

사쿠타는 두 가지 이유 때문에 그 말을 이해하지 못했다. 하나는 노도카와 우즈키가 다투는 광경을 상상할 수가 없었다.

다른 하나는 오늘 우즈키가 보였던 태도다. 진짜로 평소와 별반 다르지 않았다. 어둡기 그지없는 노도카의 표정과 대조적일 정도였기에, 뭔가 착오가 있는 건 아닐까 하는 생각마저 들었다.

"뭐 때문에 다툰 거야?"

"……멤버 중 두 사람이 졸업한 건, 사쿠타도 알고 있지?"

"뭐, 그래."

노도카가 말한 멤버란, 그녀와 우즈키가 소속된 아이돌 그룹 『스위트 불릿』의 멤버를 말했다.

반 년 쯤 전, 일곱 명 중에 두 명이 그룹을 관두면서 현재는 다섯 명이서 활동하고 있다.

"그 즈음부터 사무소도, 우리도, 앞으로의 일에 대해 상의하게 됐는데……."

"그건 계속할 건지, 아니면 해산할 건지 같은 거야?"

"……."

노도카는 긍정도 부정도 하지 않았다. 아무 말도 하지 않는 것이 현재 상황에 대한 노도카의 저항이며, 사쿠타의 질문에 대한 대답이기도 했다.

"3년 안에 무도관…… 그게 우리의 목표였어."

과거형으로 말한 것은 이미 그 기한이 지났기 때문이다. 그 때부터 앞으로 어떻게 할지에 대해 의논하게 됐다고, 노도카는 말하고 싶은 것이리라.

"하지만 팬도 늘었고, 일거리도 엄청 늘었잖아?"

여름에는 음악 페스티벌에 참가했고, 주요 도시를 순회하는 단독 라이브도 하고 있다. 도쿄에서 한 라이브에는 카에데가 친구인 카노 코토미를 데리고 보러 갔다. 2천 명 규모의 행사장은 흥분의 도가니였으며, 카에데는 집에 돌아오자마자 「엄청 즐거웠어. 끝내줬다니깐」하며 흥분한 어조로 감상을 말했을 정도다.

멤버 개개인의 일거리를 보자면, 우즈키는 퀴즈 방송에서 존재감을 과시하고 있었다. 마을 안을 돌아다니며 토크를 하는 식의 방송에 출연하는 횟수도 서서히 늘고 있다. 뜻밖의 언동으로 어디서나 웃음을 자아내는 것이 그녀의 강점이다.

노도카는 그런 우즈키를 말리는 역할로 동행하는 경우가 잦으며, 외모와 다르게 우등생 같은 행동거지 때문에 사람들에게 얼굴을 알리고 있었다.

다른 멤버들도 그라비아 모델로 활약하거나 드라마에 출연하거나 스포츠 버라이어티에서 활약하는 등, 다섯 명이 각각 활약의 무대를 넓히고 있었다.

하지만 아직 아는 사람만 아는 그룹이란 사실에는 변함이 없다.

"그런 점도 고려하며, 스위트 불릿으로서 앞으로 어떻게 할지 상의해보고 있어. 특히 우즈키는 오퍼가 많거든……. 다른 사람과 스케줄이 맞지 않아서, 사무소도 여러모로 생각이 많나 봐."

"여러모로?"

"……우즈키의 솔로 데뷔야."

노도카가 잠시 뜸을 들인 후에 그렇게 말했다. 감정을 억누른 목소리였다. 노도카는 태연을 가장하며 말했다.

"어제 사무소의 합동 라이브 후에, 치프 매니저가 전화로 누군가와 이야기를 나누는 걸 들었어."

두 사람의 다툰 계기가 드디어 언급됐다.

"사무소는 그렇다 치고, 히로카와 양은 그걸 알고 있어?"

"아마 모를 거야."

그럴 것이다. 알고 있다면, 문제의 각도 자체가 꽤 달라지고 마는 것이다.

"토요하마는 어떻게 생각해?"

"나는…… 스위트 불릿으로서, 다 같이 무도관에 서고 싶어."

그렇게 말한 노도카는 댄스 연습을 하고 있는 여자를 다시 쳐다보았다.

"하지만 한편으로는, 멤버들의 노력이 보답 받았으면 좋겠어. 우즈키는 누구보다도 노력하고 있으니까…… 그 애는 사람들을 웃게 만드는 힘을 지니고 있어."

"어떻게 된 건지 알겠네. 토요하마는 그런 뜻의 말을 히로카와 양에게 완곡적으로 전했지만, 상대방은 전혀 눈치채지 못했고…… 그 바람에 점점 흥분한 토요하마가 짜증을 내는 바람에 다투는 분위기가 형성된 거네."

화려한 겉모습과 달리, 노도카는 성실한 타입이다. 우즈키를 걱정하는 마음이 잘못 전달된 바람에, 괜한 소리를 하고만 것이다. 사쿠타는 그런 광경을 쉬이 상상할 수 있었다.

"……맞아."

그렇게 된 거라면, 노도카가 『다퉜다』고 말한 것도 납득이 됐다. 하지만 그런 감정은 노도카의 일방적인 것이 아니었을까. 오늘 우즈키는 평소와 다름없었으며, 솔로 데뷔 건을 모른다면 대화의 논점 자체가 맞지 않을 것이다.

"다른 멤버도 같은 마음이라서…… 넷이서 우즈키를 비난한 것처럼 되어 버렸거든."

그게 마음에 걸리는 건지, 노도카는 우즈키와 얼굴을 마주하는 것이 거북해서 사쿠타를 중재자로 삼으려고 한 것이다.

"뭐야, 겨우 그런 일이야?"

"뭐?"

사쿠타의 별것 아니라는 반응이 마음에 들지 않는 건지, 노도카는 그를 노려보았다.

"나는 진짜로 고민하고 있거든?"

"분에 넘치는 고민이네."

"……."

"따지고 보면, 일거리가 늘어나는 바람에 예전처럼 활동할 수가 없어서 불평을 늘어놓은 거지? 마이 씨에게 이 이야기를 했다간 바로 따귀가 날아올걸?"

"으, 그건……."

만약 그런 상황이 벌어진다면, 사쿠타는 왠지 자신이 따귀를 맞을 것 같은 불길한 예감이 엄습했다. 이 이야기는 마이 씨 앞에서 절대 하지 말아야겠다.

"……."

노도카는 사쿠타의 말을 이해하기는 했지만, 완선히 납득하지는 못한 것 같았다.

"히로카와 양이 정 신경 쓰인다면, 다시 이야기를 나눠보면 되잖아. 나처럼 아무런 연관도 없는 사람을 살금살금 찾아와서 몰래 묻지 말고."

"시끄러워! 그런 건 나도 알아!"

화가 난 노도카는 감정에 휩쓸리며 벌떡 일어났다.

"사쿠타와 상의한 내가 바보였어. 정말 고맙네!"

노도카는 화가 난 걸까. 아니면 사쿠타에게 고마워하는 걸까. 감정이 엉망진창으로 뒤섞인 노도카는 거친 발걸음으로 돌아갔다.

근처에서 댄스 연습을 하던 여자가 무슨 일인지 궁금한 표정으로 사쿠타 쪽을 쳐다보았다. 그리고 사쿠타와 시선이 마주치자, 허둥지둥 고개를 돌렸다.

"더는 유명인이 되고 싶지 않은데."

노도카는 대학생이 되면서 좀 차분해졌지만, 사쿠타 앞에서는 예전과 변함이 없는 느낌도 들었다.

"뭐, 됐어……."

몸을 일으킨 사쿠타는 기지개를 켰다.

아침에 비가 내렸던 하늘이 어느새 화창해졌다.

아까 들었던 이야기도 날씨와 별반 다를 게 없다. 감정 또한 맑아지기도, 흐려지기도, 또는 비가 내리기도 한다. 그러니 노도카와 우즈키의 일은 그냥 내버려둬도 될 것이다. 오늘은 우연히 날씨가 나빴을 뿐이리라.

그 두 사람은 평범한 친구 사이가 아니다. 같은 아이돌 그룹 소속이며, 같은 목표를 지닌…… 함께 노력해온 이들 사이에만 존재하는 신뢰와 유대로 이어져 있는 관계인 것이다.

친구는 아니지만, 믿고 기댈 수 있다.

절친도 아니지만, 서로에게 의지할 수 있다.

친구나 절친보다 훨씬 대단한, 전우라는 사실을 사쿠타는 알고 있다.

그녀들을 둘러싼 환경이 조금 달라진다고 해서, 이제 와서 망가지고 말 관계가 아니다.

이때의 사쿠타는 진심으로 그렇게 생각했다.

사소한 문제에 지나지 않는다.

그렇게 확신하고 있었다.

하지만, 사태는 생각지도 못한 방향으로 굴러가고 만다.

다음날, 이변이 발생했다.

평소와 다름없는 대학의 풍경 속에, 명백한 변화가 발생한 것이다.

제2장

분위기는 대체 어떤 맛?

1

다음날인 10월 4일 아침을 사쿠타는 평소와 다름없이 맞이했다.

우선 나스노에게 얼굴을 밟힌 바람에 잠에서 깼다. 아침을 요구하는「냐옹~」소리에 재촉을 당하며 거실로 향했다. 사료를 접시에 담아서 나스노에게 준 후, 두 사람 몫의 아침 식사를 준비했다. 겸사겸사 점심에 먹을 도시락도 준비했다. 절약할 수 있는 부분은 절약하는 편이 나을 테니까 말이다.

아침 식사를 혼자서 먼저 먹고『카에데』라는 플레이트가 걸린 문 앞에서 말했다.

"카에데, 아침 먹어."

"……."

대답이 없지만, 문을 열지는 않았다.

요즘 들어 사춘기에 접어든 여동생은 오빠가 함부로 문을 열면 삐쳐서 푸념을 늘어놓았다.

그래서, 이대로 방치해 뒀다.

약 1분 후…….

"……안녕, 오빠."

카에데가 방에서 나왔다. 하지만 아직 눈을 감고 있었다.

"나중에 설거지만 해줘."

"응~. 잘 다녀와."

카에데가 하품 섞인 목소리로 한 말을 들으며 사쿠타는 집을 나섰다.

날씨는 꽤 화창했다.

쭉 잡아당겨서 늘린 솜사탕 같은 구름 너머로 푸른 하늘이 펼쳐져 있었다. 오늘은 공기가 건조해서 가을 같은 느낌이 들었다. 그런 화창한 하늘 아래를 걸으며, 사쿠타는 후지사와 역으로 향했다. 그곳에서 JR 토카이도 선으로 요코하마 역으로 향했다. 요코하마 역에서 케이큐 선으로 환승하고 약 20분 쯤 전철을 타고 이동하자, 학교가 있는 카나자와 핫케이 역에 도착했다. 집에서 대학까지 가는 데 딱 한 시간 정도 걸렸다.

역의 개찰구를 통과하자, 학교를 향해 걷고 있는 학생들이 보였다.

친구를 발견하고 말을 거는 학생도 있는가 하면, 스마트폰 너머의 친구와 이야기를 나누거나 메시지를 보내고 있는 학생도 많았다. 음악을 들으면서 묵묵히 걷고 있는 학생도 있었다. 사쿠타는…… 하품을 하며 졸린 듯이 걷고 있는 학생 중 한 명이었다.

마치 당연하기라도 한 것처럼 매일같이 이런 광경이 펼쳐졌다.

정문을 지나자, 눈에 들어오는 학생들의 숫자가 늘어나면서 주위의 분위기가 갑자기 활기로 가득 찼다. 이것 또한 평소와 다름없는 광경이다.

학생들 또한 마찬가지였다.

되풀이되는 학교생활이 심심하다 여기는 사람이 있다. 대학에 가면 더 즐거운 일이 있을 줄 알았다는 말 또한 캠퍼스 안에서 자주 듣는다.

하지만 사쿠타는 심심하다는 사실에 전혀 불만을 느끼지 않았다.

아무 일도 없는 것이 가장 좋다.

그야말로, 세상 천지에 아무 일도 없는 것이다.

익숙한 풍경을 보며 생각하던 사쿠타는 2교시 수업을 듣기 위해 본관 건물에 들어갔다.

계단을 올라간 사쿠타는 201교실로 향했다. 필수과목인 선형대수학의 강의가 이 강의실에서 한다. 사쿠타는 그것을 들으러 온 것이다.

자리는 이미 3분의 1 가량이 채워져 있었다. 전원이 같은 학부 소속이다. 또한 대부분이 1학년이다. 작년에 학점을 따지 못했던 2학년 네다섯 명이 섞여 있다는 것을 지난주의 첫 수업 때 알았다. 교수가 「2학년은 이번에 꼭 학점을 따도록」 하고 말했던 것이다…….

사쿠타는 강의실 한가운데에 있는 친숙한 이의 뒷모습을

발견했다.

타쿠미다.

그쪽으로 가자, 사쿠타를 발견한 타쿠미가 「여어」 하고 말하며 가볍게 손을 들었다. 그리고 타쿠미는 물 흐르듯 옆자리로 이동했다.

"아즈사가와를 위해 자리를 따뜻하게 해뒀어."

아침부터 남자의 엉덩이 온기를 느끼고 싶지 않았기에 「그래」 하고 말하며 한 줄 앞의 빈자리에 앉았다.

"혹시 나를 싫어해?"

"의자는 차가운 게 좋거든."

"뭐, 맥주도 마찬가지지."

사쿠타는 그런 실없는 대화를 나누면서 수업에 쓸 선형대수학 교과서와 공책을 꺼냈다. 교과서에는 이 수업을 맡은 교수의 이름이 적혀 있었다. 다른 과목도 마찬가지지만, 대학에서 쓰이는 교재는 교수 본인이 집필한 책인 경우가 많다. 책이 팔릴 때마다 그 금액 중 일부가 인세로서 교수에게 지급될 테니, 세상 참 절묘하게 굴러간다는 생각이 들었다.

시계의 바늘을 보니, 10시 25분을 가리키고 있었다. 2교시는 약 5분 후에 시작된다.

새된 웃음소리가 들려서 교실 앞쪽을 보니, 오늘도 전원이 똑같은 옷을 입은 여자 그룹이 보였다. 스마트폰 어플로 뭔가를 하고 있었다. 짤막한 동영상을 찍어서 서로에게 보여주고 있는 것 같았다. 그 그룹 안에는 우즈키도 있었다.

두 줄 뒤편에는 독서에 몰두한 남자가 있었다. 때때로 히죽 거리는 것을 보면, 어려운 책을 읽고 있는 것 같지는 않았다.

그 옆에는 책상에 엎드려서 자고 있는 학생도 보였다. 수업이 시작되기 전에 조는 걸 보니, 간이 꽤나 큰 것 같았다.

그 외에는 스마트폰을 만지작거리고 있거나, 친구와 이야기를 나누고 있었다.

어디를 봐도 수업 전의 흔한 광경이었다. 딱히 이상한 구석은 없었다. 하지만 사쿠타는 눈에 비치는 광경에서 위화감을 느꼈다.

그것은 한 여자에게서 느껴졌다. 그리고 지금도 느껴지고 있었다…….

그 사람은 처음 눈에 들어왔던 여섯 명의 여성으로 이뤄진 그룹의 한 명이었다. 주위의 여자들과 같은 치마를 입고, 같은 블라우스를 입은 우즈키였다.

친구의 농담에 태클을 걸며 웃고, 반대로 개그를 했다가 태클을 당하고 있었다. 우즈키는 다른 이들과 같은 타이밍에 웃고 있었다.

그것은 여자 그룹에서 흔히 볼 수 있는 장면에 불과했다. 분명 어느 대학에서도 흔히 볼 수 있는 광경일 것이다. 딱히 이상할 것은 없다. 그래서, 기묘한 감각을 느끼면서도 그 위화감의 정체를 바로 눈치채지 못했다. 모르는데도, 뭔가 이상하다고 직감했다.

사쿠타가 틀린 그림 찾기를 하는 느낌으로 우즈키를 관찰하자, 그것을 느낀 그녀와 시선이 마주쳤다.

평소 같으면 힘차게 손을 흔들며 「오빠 분, 안녕~!」 하고 말했을 상황이다. 주목을 받게 된 사쿠타도 부끄럽다는 느낌을 받을 정도로 말이다.

하지만 우즈키는 평소와 다른 행동을 취했다. 사쿠타를 보고 뭔가를 눈치챈 것처럼 입을 반쯤 벌렸다. 그리고 친구들에게 「잠깐 실례할게」 하고 말한 후에 자리에서 일어났다.

그리고 사쿠타의 앞으로 오더니, 한순간 주위 사람들을 신경 쓰는 듯한 기색을 보였다. 그 후, 몸을 앞으로 약간 숙이더니…….

"노도카한테 무슨 말 들었어?"

사쿠타에게만 들릴 목소리로 그렇게 물었다.

"무슨 말?"

사쿠타는 질문의 의도를 확인하기 위해 질문으로 답했다.

"그러니까, 무슨 말 말이야."

우즈키는 그 말에 알쏭달쏭하기만 할 뿐 아무런 의미도 없는 말로 답했다.

"무슨 말을 하는 건지 모르겠네."

사쿠타가 영문을 모르겠다는 듯이 그렇게 말하자, 우즈키는 삐친 것처럼 입술을 살짝 내밀었다. 하지만 사쿠타는 우즈키가 무엇을 원하는지 모르기에 어쩔 수가 없었다.

"어제 토요하마와 무슨 일 있었던 거야?"

노도카한테서는 지난 주말에 우즈키와 다퉜다는 듯한 이야기를 들었다. 우즈키가 신경 쓸 일이라고는 그것뿐이라는 생각이 들었다.

하지만 사쿠타는 그 일이 이미 해결됐다고 여기고 있었다. 어제 노도카가 우즈키와 다시 한 번 이야기를 해보겠다고 말했으니까…… 그러니 사쿠타가 더 신경써봤자 아무런 의미가 없다.

"어제는 대학을 나서자마자 잡지 촬영을 하러 가서, 노도카와 만나지 못했어."

"연락도 안 한 거야?"

"어제는 안 했어."

신경 쓰이는 발언이었다. 일부러 「어제는」이라고 말한 것을 보면, 오늘은 연락을 주고받은 것처럼 들렸다. 그리고 사쿠타의 그 추측은 정확하게 적중했다.

"아까 노도카한테서 『오늘 학교 왔어?』라는 메일이 왔어."

우즈키가 그렇게 말을 이었던 것이다.

"그래서?"

"그런 걸 일부러 물어보는 걸 보면, 뭔가 할 말이 있는 것 아닐까?"

"그렇게 생각하지 않는 사람도 있기는 할 걸?"

적어도 어제까지의 우즈키였다면 그렇게 생각하지 않았을 것이다. 그렇게 생각하기 전에 『노도카, 무슨 일이야?!』하고 답장을 보냈을 것 같은 느낌이 들었다. 전화를 할 수 있는 상황이라면, 그 자리에서 바로 노도카에게 전화를 하지 않았을까. 분명 그랬을 것이다.

　그렇게 생각하니, 우즈키가 오늘 좀 이상하다는 생각이 들었다.

　"히로카와 양이야말로, 어제 무슨 일 있었어?"

　"무슨 일 말이야?"

　"그러니까, 무슨 일 말이야."

　"흉내내지 마~."

　우즈키는 그렇게 말하더니, 분위기를 누그러뜨리려는 듯이 웃음을 흘렸다. 사쿠타는 그 모습을 보면서도 위화감을 느꼈다. 우즈키가 억지 웃음을 흘리고 있었다. 이런 광경은 지금까지 본 적이 없었다. 적어도 오늘, 이 순간까지는……

　게다가 「무슨 일 있었어?」라고 물으면, 사쿠타가 질문을 한 의도를 눈치채지 못하며 「촬영하다 넘어져서 엉덩방아 찧었어~」라거나 어제 화제가 된 일을 이야기했을 사람이 바로 사쿠타가 아는 히로카와 우즈키란 인간이다.

　대체 이 위화감은 뭘까.

　그 정체를 파악하려고 할 때였다.

　"오늘, 왠지 컨디션이 좋네."

우즈키가 그렇게 말하며 또 웃음을 흘렸다.

은근슬쩍 사쿠타에게서 눈을 뗀 우즈키는 방금까지 같이 있던 여자 그룹을 쳐다보고 있었다.

"다른 애들과 파장이 맞는 느낌이야."

다시 비교해볼 필요도 없이, 우즈키와 여자 그룹은 비슷한 복장을 하고 있었다.

"그런 것 같네."

때로는 그런 날이 있을지도 모른다.

하지만 우즈키 본인도 평소와 다르다는 느낌을 받고 있는 것 같았다. 오늘은 컨디션이 좋아서, 다른 사람과 파장이 맞는다고 느끼는 것이다.

그런 생각을 하고 있을 때였다.

"자리에 앉도록."

교수가 작은 목소리로 그렇게 말하며 강의실에 들어왔다.

학생들은 정면을 쳐다보았다. 우즈키 또한 친구들이 기다리는 앞쪽 자리로 돌아갔다.

"저기, 후쿠야마."

사쿠타는 자리에 앉은 우즈키의 등을 쳐다보며, 대각선 뒤편에 있는 타쿠미에게 말을 걸었다.

"응?"

"히로카와 양, 오늘 어떤 것 같아?"

"귀엽다고 생각해."

"그것 말고는?"

"큐트하다고 생각해."

타쿠미의 대답은 평소와 다르지 않았다.

"귀중한 의견을 들려줘서 고마워."

"별말씀을요."

주위를 둘러봤지만, 사쿠타 말고는 아무도 우즈키를 신경 쓰지 않는 것 같았다. 위화감을 느끼고 있는 건 사쿠타뿐인 것 같았다.

그렇다면 기분 탓일지도 모른다.

오늘은 우연히 같은 그룹 여자들과 같은 옷을 입었고, 또한 그들과 웃음 포인트가 일치했다. 노도카에게 받은 메일도 우연히 신경 쓰였을 뿐이다.

컨디션이 좋은 덕분에 말이다.

그러니 전부 사쿠타의 착각일 것이다.

사쿠타는 그러면 좋겠다고 생각하면서 선형대수학의 교과서를 펼쳤다.

2

아무리 사소한 일일지라도 한 번 신경이 쓰이기 시작하니 계속 신경이 쓰이기 마련이다. 그래서 사쿠타는 선형대수학 수업을 들으면서도, 어딘가 평소와 다른 우즈키의 행동에 자연스럽게 시선이 갔다.

　어제까지의 우즈키라면 교수의 이야기에 열심히 귀를 기울였을 것이다. 모르는 부분이 있다면 자기 때문에 수업이 중단되는 것도 개의치 않으며 질문을 했다. 주위의 친구들이 작은 목소리로 수다를 떨어도, 스마트폰으로 메시지를 주고받아도, 한 번 스위치가 들어간 우즈키는 집중력이 흐트러지지 않았다. 그것이 우즈키란 사람의 평소 모습이었다.

　하지만 오늘은 쉴 새 없이 몸을 흔들어댔고, 옆에 있는 친구와 시시덕거렸으며…… 교수의 이야기를 듣고 고개를 갸웃거리기는 해도 「그 부분, 모르겠어요!」 하고 말하지는 않았다.

　수업이 끝났을 때도 「선생님, 다음 주에 봐요~!」 하고 말하며 힘차게 손을 흔들지도 않았다.

　교실에 있는 다른 학생들과 마찬가지로 교과서를 덮은 후, 지금은 여자 그룹에 섞여서 점심에 뭘 먹을지 상의하고 있었다. 그 그룹 안에서 우즈키의 목소리만 유독 들려오지도 않았다. 「학교 식당에 가자」라고 친구가 제안하자 「응, 좋아」 하고 차분한 목소리로 대답할 뿐이었다. ……그런 광경을 본 사쿠타는 자신의 내면에 존재하는 우즈키에 대한 위화감이 확고해지는 느낌을 받았다.

　하지만 우즈키의 변화를 신경 쓰는 사람은 역시 사쿠타뿐이었다.

우즈키와 같이 있는 여자들은 태연한 표정으로 그녀와 이야기를 나누고 있었다. 「오늘 수업이 끝나면 요코하마에 가자」 같은 이야기를 나누고 있었다. 그 모습이 너무 자연스러웠기에, 적어도 사쿠타의 눈에는 그 그룹의 여자들이 가식적으로 행동하고 있는 것처럼 보이지 않았다.

　거꾸로 보자면, 여대생들 간의 대화로서는 전혀 위화감이 느껴지지 않았다. 텐션이 유독 다른 우즈키가 섞여 있었던 이제까지의 모습이 오히려 부자연스러웠던 걸지도 모른다.

　"아즈사가와, 오늘 점심은 어떻게 할 거야?"

　그때 대각선 뒤편에 앉아있던 타쿠미가 사쿠타의 생각을 방해했다.

　타쿠미는 몸을 앞으로 숙이더니, 앞자리까지 상체를 쑥 내밀었다.

　"나는 도시락을 싸왔어."

　"내 몫은?"

　"있으면 오히려 무섭지 않을까?"

　"그래. 소름이 돋을 거야."

　타쿠미는 그렇게 말하며 몸을 일으켰다.

　"매점 갔다 올게."

　그리고 일방적으로 말하며 뒷문으로 강의실을 나서려 했다. 먹을 것을 사서 돌아올 테니, 기다리고 있으라는 뜻이리라.

　그런 타쿠미와 교대하듯, 금발 여자가 강의실에 들어왔다.

노도카였다.

한순간 노도카와 사쿠타의 시선이 마주쳤다. 하지만 노도카의 시선은 앞문을 통해 밖으로 나가려 하는 우즈키의 등으로 향했다.

"우즈키."

우즈키는 그 목소리를 듣더니, 움찔했다. 그리고 「미안한데, 먼저 식당에 가 있어」 하고 말하며, 친구 다섯 명을 먼저 보냈다.

함께 수업을 들은 다른 학생도 점심을 먹으러 가자, 강의실에는 도시락을 책상 위에 올려둔 사쿠타와 두 명의 아이돌만 남았다.

"……."

"……."

강의실의 앞과 뒤. 멀찍이 떨어져서 서있는 우즈키와 노도카 사이에는 묘한 긴장감이 존재했다.

"그럼 마실 거라도 사올까."

심각한 분위기를 감지한 사쿠타는 이 강의실에서 빠져 나가려 했지만, 노도카에게 저지당했다.

"이거 마셔. 아직 입도 안 된 거야."

강의실 한가운데에 앉아있는 사쿠타 쪽으로 온 노도카가 도시락 옆에 주스가 담긴 페트병을 뒀다. 얼마 전부터 마이가 광고 모델을 맡고 있는 복숭아 탄산 주스다.

자리를 비켜주지 않아도 된다면, 그냥 있겠지만…….

"으음, 노도카의 볼일은 일전의 그 건이지?"

먼저 입을 연 이는 우즈키였다.

"……일전의 그 건?"

노도카는 느닷없이 그 말을 듣고 미간을 찌푸렸다.

"일요일의 그 일 말이야."

우즈키의 말투는 마치 당연한 소리를 하는 것만 같았다.

"……뭐?"

그러니 노도카가 당황하는 것도 당연했다. 우즈키가 그 건을 먼저 언급할 거라고는 생각도 못했을 테니 말이다. 노도카를 비롯한 다른 멤버들의 초조함과 짜증, 불안과 걱정이 우즈키에게는 전해지지 않았다고 생각했으니까……. 적어도 어제는 그렇게 말했다.

"정말 미안해!"

하지만 우즈키는 두 손바닥을 맞대더니, 당황한 노도카를 향해 고개를 숙이며 사과했다.

"나, 너희의 마음을 하나도 몰랐어. 노도카가 화를 내는 것도 당연해."

"……우즈키?"

"지금은 따로 활동하는 일이 늘어서, 그룹 활동 자체가 줄었잖아. 그건 나도 싫어. 멤버들과 제대로 이야기를 나눠봐야 한다고 생각해."

"그건 그렇지만…… 나도 미안해. 그때는 말이 좀 심했어."

"아냐. 노도카가 말을 해줬으니까, 나도 눈치챈 거야."

"응……."

"개인적의 활동도 물론 중요하기는 해. 그걸 통해 스위트 불릿을 알게 되는 사람도 많을 거잖아."

"나도, 그렇게 생각해."

"하지만, 그 바람에 우리가 뿔뿔이 흩어져선 의미가 없는걸."

"응……."

"그러니까 야에와, 란코와, 호타루와 함께 의논을 해보자. 오늘 댄스 레슨 때, 오래간만에 전원이 모이잖아."

"그건 그런데……."

대체 자신이 누구와 이야기를 나누고 있는 걸까.

노도카는 그런 생각을 하고 있을지도 모른다.

맞는 말을 하는 우즈키의 얼굴을, 노도카는 계속 이상하다는 듯이 쳐다보고 있었다.

"노도카? 내가 이상한 말이라도 했어?"

노도카의 반응이 이상하자, 우즈키는 뭔가를 눈치챈 것 같았다. 그것이야말로 우즈키에게서 느껴지는 위화감의 본질이다. 상대방에게 맞춰주며 이야기를 나누고 있는 것이다.

"아, 아냐. 내가 하고 싶었던 이야기가 바로 그거야……."

노도카는 약간 얼이 나간 어조로 그렇게 대꾸했다.

"그래? 다행이야."

"응……."

노도카는 아까부터 얼이 나간 반응을 보이고 있었다.

"노도카?"

이번에도 그것을 눈치챈 우즈키가 의아한 표정을 지었다.

"아무 것도 아냐……. 야에가 촬영 때문에 조금 늦는다는 것 같지만, 그래도 다 같이 이야기를 나눠보자. 내가 연락을 돌릴게."

"응! 부탁해. 아, 친구들이 식당에서 기다리고 있으니까 가볼게."

우즈키는 가볍게 손을 흔든 후, 가방을 들고 교실을 나섰다. 성큼성큼 걸음을 옮기는 그녀의 뒷모습은 곧 시야에서 사라졌다.

"……."

"……."

강의실에 남겨진 것은 여우에게 홀리기라도 한 것처럼 갈 곳을 잃은 감정이었다. 의문인 건지, 경악인 건지, 애초에 방금 그 일은 실제로 현실에서 일어난 건지…… 그것조차도 확실하지 않았다. 그래서 개운하지 않았다. 그저 응어리가 되어 마음속에 남아 있었다.

머릿속을 정리할 수가 없는 건지, 노도카는 우즈키가 사라진 문 너머를 지그시 쳐다보고 있었다. 그대로 그 자리에서 돌이 되어버릴 것만 같았기에 사쿠타가 말을 건넸다.

"잘 됐네."

"……"

노도카는 아무 말 없이 사쿠타를 쳐다보았다. 그녀의 얼굴에는 의문이 어려 있었다.

"잘 됐다고 말했어."

"뭐가 말이야?"

"화해했잖아."

"……응. 그건 맞아."

노도카는 고개를 끄덕였지만, 표정이 좋지 않았다. 마음이 석연치 않은 것이다.

"대체 뭐가 어떻게 된 거야?"

노도카의 진심에서 우러난 말이 그녀의 입에서 흘러나왔다. 사쿠타 또한 같은 말을 하고 싶은 심정이었다. 같은 입장이었다면 「대체 뭐야?」 하고 말했을 것이다.

"사쿠타가 우즈키한테 무슨 말 했어?"

노도카는 미심쩍은 눈길로 사쿠타를 쳐다보았다.

"아무 말도 안 했어."

"정말?"

"그래."

"그럼 왜 일요일에는 전혀 이해를 못하던 우즈키가 오늘은 저러는 건데?"

"토요하마가 모르는 걸 내가 어떻게 알아."

"뭐?"

"히로카와 양에 대해서라면 토요하마가 나보다 더 잘 알 거 아냐."

처음 만난 시기 또한 빠를 뿐만 아니라, 같은 그룹의 멤버로서 오랜 시간을 함께 보냈을 테니까 말이다.

"당연하잖아!"

노도카는 언짢은 표정으로 납득했다. 하지만 우즈키에게서 느낀 의문과 위화감은 사라지지 않은 것 같았다. 노도카는 잠시 동안 생각에 잠긴 후 진지한 표정으로 말했다.

"아까 그 사람, 진짜로 우즈키였어?"

"우즈키가 아니면, 대체 누구란 거야?"

"내 표정을 살피며 이야기를 했단 말이야."

그 말에는 「우즈키가 그럴 리 없어」 라는 의미가 어려 있었다.

"그랬지."

"뭐랄까, 마치……."

노도카는 목이 막힌 것처럼 말을 도중에 멈췄다. 말을 입 밖으로 뱉는 것을 한순간 주저한 것이다.

"우즈키가 분위기를 살피는 것 같았어."

그 뒤에 이어진 말의 내용으로 볼 때, 명백했다.

"그래."

진짜로 그랬다.

우즈키의 어떤 점이 평소와 다른 것인가.

노도카가 방금 말한 대로다.

분위기를 살피고 있었다.

다른 사람도 아니고, 우즈키가…….

위화감의 정체는 바로 그것이다.

"혹시 나나 언니 때 같은 일이 일어난 것 아닐까?"

눈앞에 있는 노도카가 호소하듯 말했다.

"다른 사람과 겉모습이 뒤바뀌었다는 거야?"

"응."

"그런 것치고는 스위트 불릿의 상황에 대해 너무 잘 알지 않아?"

아까 두 사람이 나눈 대화에는 관계자 이외에는 알지 못하는 내용이 담겨 있었다.

"그건 그렇지만……."

"설령 진짜로 사춘기 증후군에 걸린 거라 해도, 혹시 문제될 게 있는 거야?"

"당연히……."

아마 노도카는 「있지!」 하고 말을 할 생각이었을 것이다. 하지만 말을 끝까지 잇기도 전에 그녀는 눈치채고 말았다.

우즈키와 화해했디.

노도카가 감정에 휘둘린 이유 또한, 우즈키가 이해해줬다.

지금은 문제될 것이 하나도 없다.

오히려, 모든 일이 좋은 쪽으로 흘러가고 있었다.

그 사실 때문에 노도카는 당황하고 있었다.

게다가 우즈키는 사쿠타 앞에서 「오늘은 컨디션이 좋다」고 말하며 웃었고, 「다른 애들과 파장이 맞다」면서 기뻐했다.

이 갑작스러운 변화에, 노도카만이 아니라 사쿠타도 당황했다.

"그럼 이대로 둬도 괜찮은 거야……?"

노도카가 자신 없는 어조로 확인하려는 것처럼 말했다.

"내일은 원래대로 돌아올지도 모르지."

사쿠타는 문제 자체를 나중으로 미루는 것 같은 대답을 해줄 수밖에 없었다.

3

결론부터 말하자면 사쿠타의 아련한 기대는 부질없이 빗나가고 말았다. 그 다음날에도 우즈키는 여전히 분위기를 살폈다.

아침 여섯 시에 일어나 학교에 갈 준비를 한 사쿠타가 1교시에 맞춰 대학에 가보니, 우즈키는 같은 학부 여자 그룹에 아무런 위화감 없이 녹아들어 있었다.

남들과 비슷한 옷을 입고, 남들과 비슷한 이야기를 하며, 남들과 비슷한 타이밍에 웃었다.

사쿠타는 그 모습을 보며 위화감을 느꼈지만⋯⋯.

어제 밤 늦은 시간에 댄스 레슨을 마치고 돌아온 노도카가 사쿠타의 집으로 전화를 해서 「우즈키를 비롯해, 멤버 모두가 함께 이야기를 나눠봤다」 하고 보고했다.

스위트 불릿으로서의 활동은 물론 중요하다.

개개인의 활동 또한 열심히 한다.

지금 들어온 일을 열심히 하는 것이, 그룹의 존재를 널리 알리는 유일한 방법인 것이다.

다섯 명이 그런 이야기를 함께 나누며 결속력을 다질 수 있었다고 말하는 노도카의 목소리는 시종일관 밝았다. 이제까지는 우즈키와 이야기가 맞물리지 않은 탓에 가치관을 공유하지 못하는 부분이 있었던 것이다. 하지만 지금의 우즈키는 그런 부분도 이해해줬다.

곤란하게도, 상황은 계속 호전되어가고 있었다.

사쿠타 또한 친구들과 즐거운 듯이 이야기를 나누는 우즈키의 모습을 보면서 안도감을 느꼈다. 그저께만 해도 노골적일 정도로 겉돌고 있는 우즈키를 보면서 불안감이라고나 할까, 답답함을 느꼈다. 하지만 지금은 그런 것이 전혀 느껴지지 않았다. 안정적이고 안심이 되는 모습이었다.

하지만, 우즈키가 여지 그룹에 녹아들어가 있는 모습을 보면서도 왠지 답답함이 느껴졌다. 그 점이 여러모로 곤란했다.

그런 우즈키의 변화를, 오늘도 주위의 학생들은 전혀 개의치 않았다. 아마 그런 감정을 느낄 정도로 타인을 신경 쓰지는 않기 때문이리라. 다들 자신의 영역이 안전하다면 그걸로 괜찮은 것이다. 타인을 신경 쓰지 않는 척 하다 보면, 어느새 진짜로 신경 쓰지 않게 되는 날이 올지도 모른다.

사쿠타 또한 그 상대가 우즈키가 아니었다면 신경을 쓰지 않았을 것이며, 신경이 쓰이지도 않았을 것이다.

"저기, 후쿠야마."

사쿠타는 옆에 앉아있는 타쿠미에게 물었다.

"응~?"

목소리가 졸려 보였다. 눈도 반쯤 감고 있었다.

"히로카와 양, 오늘 어떤 것 같아?"

"귀엽다고 생각해."

"그것 말고는?"

"큐트하다고 생각해."

"그렇지?"

"……어이, 아즈사가와 군."

이야기를 나누다 졸음이 깬 듯한 타쿠미는 사쿠타를 똑바로 쳐다보며 그렇게 말했다.

"응~?"

이번에는 사쿠타가 졸린 목소리로 대답했다.

"방금 질문에 뭐라고 대답하는 게 정답이야?"

이틀 연속으로 같은 질문을 받은 바람에, 왜 이런 질문을 하는 건지 궁금해진 것 같았다.

"귀엽다가 정답이야."

사쿠타는 하품을 하며 그렇게 대꾸했다.

"무슨 소리야?"

사쿠타도 무엇이 정답인지 알지 못했다.

그렇기에 사쿠타가 더는 아무 말도 하지 못하자, 타쿠미는 더 영문을 모르겠다는 표정을 지었다.

1교시, 2교시 수업을 마친 사쿠타는 점심시간이 되자 학교 식당으로 향했다. 오늘도 아침 여섯 시에 일어나서 도시락을 싸왔지만, 오늘부터 학교에 오기로 한 마이와 점심을 같이 먹기로 약속했던 것이다.

식당 안의 자리 중 8할 정도는 이미 채워져 있었다.

혼잡한 식당 안을 둘러보니, 창가 자리를 확보한 마이가 눈에 들어왔다. 마이도 사쿠타를 발견하고 손을 흔들었다.

사쿠타는 음식이 놓인 쟁반을 든 학생들 사이를 지나며 마이가 앉아 있는 4인용 테이블에 다가갔다. 그러자 마이의 맞은편에 누군가가 앉아있다는 사실을 알 수 있었다.

사쿠타에게 등을 보이며 앉아있지만, 그 뒷모습이 왠지 눈에 익었다. 그것도 당연했다. 마이와 한 테이블에 앉아 있는 사람은 바로 얼마 전에 친구 후보로 막 승격했던 미토

미오리였던 것이다.

미오리는 다가오는 사쿠타를 발견하자, 「아, 아즈사가와 군. 야호~」 하고 말을 건넸다.

사쿠타는 마이와 미오리를 번갈아 쳐다본 후, 마이의 옆에 앉았다.

"2교시 영어 수업을 같이 들었어."

마이는 사쿠타가 물어보기도 전에 그렇게 대답했다.

"마이 씨가 내 옆에 앉았을 때는 심장이 멎는 줄 알았다니깐."

미오리는 그 순간의 심정을 떠올린 건지, 자신의 가슴에 손을 댔다.

"미오리는 좀 호들갑스럽네."

마이는 약간 어처구니없다는 투로 그렇게 대꾸했다.

"에이, 마이 씨야말로 자기가 어떤 존재인지 자각하는 게 어때요? 아즈사가와 군, 내 말 맞지?"

미오리는 마이와 자연스럽게 대화를 주고받은 후, 사쿠타에게 말을 건넸다. 마이의 시선 또한 사쿠타를 향했다. 그런 두 사람을 또 번갈아 쳐다본 후 사쿠타는 자신의 솔직한 감상을 입에 담았다.

"왠지 꽤 친해 보이네요."

테이블을 보니, 두 사람 다 이 학생 식당의 명물 덮밥을 먹은 것 같았다. 이미 그릇이 텅 비어 있었다. 밥알 하나 남아있지 않았던 것이다. 자리도 꽤 넓은 곳을 확보한 것을 보면, 2교시 수업이 예정보다 빨리 끝난 걸까. 사쿠타가 오기 전에 이야기를 나눌 시간이 꽤 있었던 걸지도 모른다.

"아즈사가와 군, 질투하는 거야?"

"마이 씨는 친구 만드는 게 서툴거든. 그래서 좀 의외야."

사쿠타는 가방에서 꺼낸 도시락을 테이블 위에 펼쳤다.

"누가 서툴다는 거야?"

일부러 화난 것 같은 태도를 취한 마이가 사쿠타의 도시락에서 달걀말이 하나를 젓가락으로 채갔다.

"영어회화 수업 때, 짝이 되어서 계속 이야기를 나눈 덕분이야."

마이는 그렇게 말한 후, 달걀말이를 먹었다. 그리고 「음~, 맛있네」 하고 혼잣말을 중얼거렸다.

영어회화 수업이라면 사쿠타도 지난 학기에 들었다. 일본어를 쓰는 것이 금지된 수업이기 때문에, 파트너와는 일심동체나 마찬가지다. 사쿠타의 경우, 타쿠미와 이야기를 나누는 계기가 되기도 했다.

"그리고 스마트폰이 없다는 말을 듣고, 사쿠타가 이야기했던 애라는 걸 눈치챘어."

"어차피, 닭튀김을 세 개나 먹어치운 식탐녀가 있었다고 이야기한 거지~?"

"그렇게까지는 말 안 했어."

"덕분에 마이 씨와 가까워졌으니까, 용서해 줄게."

미오리는 사쿠타의 말에 전혀 귀를 기울이지 않는 것 같았다.

그런 계기가 있었다고는 해도, 마이와 미오리는 묘하게 친해 보였다. 경칭을 생략하며 상대방을 편하게 이름으로 부르는 것도, 마이 치고는 드문 일이라는 생각이 들었다. 사쿠타도 처음에는 「사쿠타 군」이라고 불렸으니까 말이다.

"미오리가 자기소개 때, 자기를 이름만으로 불러달라고 했을 때는 조금 주저긴 했어. 그래도 영어로 이야기를 나눌 때는 그게 자연스럽잖아."

"왜 이름으로 불러달라고 한 거야?"

사쿠타가 미오리에게 물었다.

"마이 씨가 나한테 경칭을 안 썼으면 했거든."

미오리는 주저 없이 이유를 밝혔다.

"그 마음은 이해가 돼."

사쿠타는 진심을 담아 고개를 끄덕인 후, 밥을 먹기 시작했다.

바로 그때, 아무 말 없이 자리에서 일어난 마이가 차를 떠오더니 사쿠타의 도시락 옆에 뒀다.

"마이 씨, 고마워요."

그러자 마이는 옅은 미소를 입가에 머금었다.

"……"

그 모습을 본 미오리는 눈을 깜빡였다.

"미오리, 왜 그래?"

"……두 사람, 진짜로 사귀는 구나."

미오리는 여전히 눈을 깜빡이고 있었다. 그 정도로 믿기지가 않는 것 같았다.

"안 어울리는 커플이란 말은 자주 들어."

대놓고 그렇게 말하는 사람은 적지만, 주위의 시선에서 그런 느낌을 받은 적이라면 많다. 드문 일은 아니다. 잘 어울리네요, 하고 진심으로 말해준 사람은 없을지도 모른다. 적어도 대학에서 사귄 친구 혹은 지인 중에는 단 한 사람도 없다.

"아, 그런 게 아니라. 참 자연스럽게 서로를 배려하는 것 같아…… 정말 잘 어울려."

미오리는 몸을 웅크리더니 약간 멋쩍어 했다. 자기 입으로 한 말 때문에 좀 부끄러운 걸까. 남을 칭찬할 때도 괜히 긴장되기 마련이니까 말이다.

"미오리, 고마워."

마이가 그렇게 말하며 미소 짓자, 미오리는 하트에 총이라도 맞은 것처럼 축 늘어지며 옆에 있는 의자에 쓰러졌다.

"괜찮아?"

사쿠타는 일단 말을 걸었다.

"아, 무리야. 나, 방금 사랑에 빠졌어."

"전에도 말했다시피, 나의 마이 씨는 안 줄 거야."

"가끔이라도 빌려줘."

"두 사람, 나는 물건이 아니거든?"

마이가 그렇게 말하자, 미오리는 약간 긴장한 표정을 지으며 몸을 일으켰다.

"미토, 개의치 마. 마이 씨는 이 정도 일로 화내지 않아."

"맞아. 사쿠타는 항상 더 건방지게 굴거든."

마이 씨의 젓가락이 또 도시락을 향해 뻗어오더니, 냉동 게살 크로켓을 채갔다. 요즘 카에데가 게살 크로켓에 빠져서, 집 냉장고에 항상 있었다.

"아~, 마이 씨. 하다못해 절반만 남겨줘요."

하지만 사쿠라의 말을 깔끔히 무시한 마이는 그 크로켓을 전부 먹어버렸다.

"······이 느낌은 뭐지? 나, 여기 있어도 되는 거야?"

미오리는 사쿠타와 마이를 번갈아 쳐다본 후, 자신 없는 목소리로 그렇게 물었다.

"제발 자리를 좀 피해줘."

"얼마든지 있어도 돼."

사쿠타와 마이의 목소리가 포개졌다.

"일단 차를 다시 떠올래."

미오리는 한숨 돌릴 타이밍을 찾는 선택을 하더니, 컵을 들고 자리에서 일어났다. 텅 빈 마이의 잔을 챙겨가는 것도 잊지 않았다.

"미오리는 사쿠타를 닮은 것 같아."

마이는 전용기계로 잔에 차를 담는 미오리의 등을 쳐다보면서 그렇게 말했다.

"미토가 들으면 질색할 거예요."

"사쿠타는 싫지 않나 보네. 하긴, 미오리는 귀엽잖아."

바로 그때, 미오리가 차가 담긴 잔을 들고 돌아왔다.

"무슨 이야기이야?"

미오리는 플라스틱 찻잔 두 개를 테이블 위에 뒀다.

"미토가 예쁘다는 이야기야."

"마이 씨, 진짜예요?"

미오리는 노골적으로 미심쩍은 표정을 지었다. 아무래도 사쿠타를 신용하지 않는 것 같았다.

"그래."

"으음, 감사해요."

미오리는 마이의 말을 순순히 믿으며 자리에 앉았다. 그리고 멋쩍은지 차를 홀짝였다.

일단 대화가 중단되자, 사쿠타는 마지막으로 남아 있던 달걀말이를 입에 넣었다. 젓가락을 케이스에 넣은 후, 도시락의 뚜껑을 덮었다. 그리고 도시락 보자기로 싸면 끝이다.

사쿠타는 마이가 가져다준 차를 마시며 한숨 돌렸다.

그러면서 식당 안을 둘러보니, 두 칸 옆의 테이블이 눈에 들어왔다. 사쿠타 일행이 앉은 것과 똑같은 4인용 테이블이다. 비슷한 옷을 입고, 비슷한 화장을 한 여자 네 명이 앉아있었다. 테이블 위에 놓인 식기를 보아하니, 주문한 요리도 똑같아 보였다.

"고등학교 때가 편했다니깐."

미오리가 느닷없이 그렇게 말했다.

"응?"

사쿠타가 의아한 눈길로 쳐다보자, 미오리도 두 칸 옆의 테이블을 쳐다보고 있었다.

"다들 교복을 입잖아."

"아~."

아무래도 사쿠타의 시선에 담긴 의미를 눈치챈 것 같았다. 그러자 사쿠타는 다시 두 칸 옆의 테이블을 쳐다보았다. 유심히 보니, 안쪽의 테이블에도 거의 똑같은 옷을 입은 2인조가 있었다.

식당 안을 둘러보니, 그런 테이블이 한두 개가 아니었다. 트럼프 카드로 하는 포커로 치자면 플래시나 풀 하우스, 포 카드에 스리 카드, 투 페어, 원 페어 등, 셀 수도 없을 만큼 많았다.

"혹시 비슷한 옷을 입자고 미리 상의하는 거야?"

"그런 귀찮은 짓을 하는 사람이 있을 것 같아?"

매일 친구와 연락을 해서, 오늘은 이런 옷을 입자…… 같은 일을 하는 사람이 있을 거라고는 사쿠타도 생각하지 않았다.

"없겠지."

하지만, 우연히 겹친 것치고는 부자연스러울 만큼 그런 케이스가 많은 것 같은 느낌이 들었다. 우연도 이렇게까지 겹치니 불길해 보였다.

"나도 매일 뭘 입을지 고민해. 촌스럽다고 여겨지는 것도 싫고, 너무 신경 썼다며 비웃음을 사는 것도 싫거든."

미오리는 원피스 위에 캐주얼한 데님 셔츠를 걸치고 있었다. 원피스만으로는 너무 옷차림에 신경 쓴 느낌이라, 셔츠 한 장으로 그런 느낌을 억누르고 있는 걸까.

옆 테이블을 보니, 미오리와 비슷한 복장을 한 여자가 있었다.

"아즈사가와 군도 마찬가지야."

미오리가 그렇게 말하면서, 사쿠타의 대각선 뒤편에 앉아 있는 남자 2인조를 향해 시선을 보냈다. 감색 엉클팬츠와 긴소매 티셔츠를 입고 있었다. 사쿠타와 완전히 똑같은 복장이었다. 검은색 가방마저도 완전히 일치했다.

사쿠타는 미오리가 하고 싶은 말이 뭔지 듣기도 전에 눈치챘다.

"내 지갑이 허락하는 가게에 가서, 마네킹이 입고 있던 옷을 사니 이렇게 됐어."

"내 옷도 마네킹이 입고 있던 거야."

자신의 옷을 손가락으로 살짝 들어 보인 미오리는 웃음기 섞인 목소리로 그렇게 말했다.

"어제 입었던 건 『가을, 대학생, 코디』로 검색해서 나왔던 거라니깐. 옷을 사는 가게도, 살펴보는 사이트도 비슷하니까 다 거기서 거기인 것 아닐까?"

"뭐, 그럴지도 모르겠네."

"게다가 다른 사람과 똑같은 걸 입고 있으면 비웃음을 사지도 않잖아⋯⋯. 그래서 일부러 다른 복장을 하지 않는 거야. 고등학생 때는 치마를 짧게 하거나, 넥타이를 귀엽게 매던가, 양말을 다른 걸 신던가 하면서 필사적으로 개성을 표현하려고 했으면서 말이야."

미오리는 과거를 떠올리며 쓴웃음을 흘렸다.

하지만 인간은 원래 그런 걸지도 모른다. 자유롭게 해도 된다는 말을 들으면, 마치 시험이라도 당하는 것 같아서 위축되는 것이다. 누군가가 정해준 것을 따라한다면, 그때는 그 누군가 탓으로 돌릴 수 있다. 하지만 자신이 정할 경우에는 변명을 할 수 없기에, 도망칠 길이 막히고 마는 것이다.

"미토는 스마트폰이 없는데도 검색은 하나 보네."

"집에 컴퓨터가 있거든요."

딱히 자랑할 일은 아니지만, 미오리는 허리에 두 손을 대며 가슴을 쭉 폈다. 아무래도 인터넷 자체를 싫어하는 것 같지는 않았다.

"마이 씨는 옷을 어디서 사나요?"

미오리는 아무 말 없이 지켜보고 있는 마이에게 말을 걸었다.

"나 말이야?"

"항상 귀여운 옷을 입잖아요. 좀 가르쳐줘요."

"그러고 보니 마이 씨는 항상 귀엽네요."

마이는 오늘 옷깃이 달린 블라우스 위에 니트 조끼를 입고 있었다. 하의는 롱스커트다. 머리카락을 댕기머리 두 가닥으로 땋아서 양쪽 어깨에서 앞쪽으로 늘어뜨리고 있다. 그런 옷차림을 하고 도수 없는 안경을 쓰니, 전체적인 분위기가 문학소녀 같았다.

까딱 잘못하면 촌스러워 보일 수 있는 복장이지만, 마이는 어른스러우면서도 아름답게 소화하고 있었다.

"요즘은 촬영 때 입은 의상을 스타일리스트 분한테 사달라고 하는 경우가 많아. 지금 입은 옷도 촬영 때 입었던 거야."

"우와, 흉내 내는 건 무리네요~."

미오리는 고개를 푹 숙였다.

"뭐, 같은 걸 입더라도 나는 마이 씨가 아니니까 어울리지 않을 거야⋯⋯."

그리고 퉁명스레 혼잣말을 중얼거렸다.

"의외로 그렇지도 않을 걸?"

"아즈사가와 군이 그걸 어떻게 알아? 입어본 적 있어?"

"그래."

"변태네."

"내 동생이 말이야. 마이 씨가 동생한테 자기가 입던 옷을 자주 물려줘."

의외로 키가 큰 편인 카에데는 마이가 물려준 옷이 몸에 맞았다. 일부러 신경 써서 꾸며둔 느낌이 물씬 나기도 하지만, 그래도 나름대로 잘 소화했다.

"동생 분, 참 좋겠네. 나도 아즈사가와 군의 동생……은 되고 싶지 않지만, 그래도 부러워."

"본심을 늘어놓지 말라고."

"그런데 무슨 이야기를 하다 이렇게 됐지?"

미오리는 사쿠타의 말을 깔끔하게 무시하며 그렇게 물었다.

"미토가 갑자기 고등학교 때는 교복이 있어서 편했다 같은 소리를 했잖아."

"사쿠타가 저쪽을 쳐다봐서 그런 말을 한 거야."

마이는 이 화제의 발단이 된 여자 그룹을 힐끔 쳐다보며 그렇게 말했다.

"참, 그랬지. 그런데 그런 게 신경 쓰이는 걸 보면, 아즈사가와 군은 무슨 일 있었나 봐?"

"무슨 일 말이야?"

"그러니까, 무슨 일 말이야."

"그냥 쳐다봤을 뿐이야."

사쿠타가 그렇게 말하며 그냥 고개를 돌리자, 미오리는
「흐음, 그냥 쳐다본 거구나」하고 말하며 납득했다. 대충 얼
버무리려 한 사쿠타를 추궁하지는 않았다.

미오리가 무슨 말을 하기도 전에, 점심 식사 시간이 끝날
때가 다 되어 간다는 것을 알리는 예비종이 울렸다. 학교 식
당에서 느긋하게 시간을 보내던 학생들이 웅성거리면서 움
직이기 시작했다.

"나는 도서관에 책 반환하러 가야 하니까, 먼저 일어날게."

미오리가 가장 먼저 자리에서 일어났다.

"식기는 내가 치워줄게."

뒤이어 몸을 일으킨 사쿠타는 미오리의 쟁반을 향해 손
을 뻗었다.

"아, 그래줄래? 고마워."

"그럼 다음 주 수업 때 봐."

마이가 그렇게 말하자, 「또 봐요」하고 말하며 손을 흔든
미오리는 식당을 나섰다.

그런 그녀의 뒷모습을 잠시 쳐다본 후, 식기를 반납구에
가져다뒀다.

마이와 함께 식당 밖으로 나간 사쿠타는 함께 본관 건물
을 향해 걸음을 옮겼다.

"사쿠타, 오후에 수업 있어?"

"수업 빼먹고 마이 씨와 데이트하고 싶네요."

가로수길에서 올려다본 하늘은 높고 푸르렀다.

데이트하기 딱 좋은 날씨였다.

며칠 전만 해도 날씨가 덥게 느껴졌지만, 오늘은 가을답게 선선했다.

"4교시까지 있으면, 같이 집에 돌아가자."

"3교시까지지만, 학원에서 할 수업을 준비하면서 마이 씨를 기다릴게요."

"그럴래? 그래도 오늘은 강사 아르바이트를 하는 날인가 보네."

"아~. 저녁에는 마이 씨와 마이 씨의 수제 요리를 먹고 싶어라~."

"그런 소리를 해봤자 만들어 주러 가지는 않은 거야."

"으~."

"그것보다 오늘 학원에서 후타바 양을 만난다면, 아까 일에 대해 물어보는 게 어때?"

"예?"

"아까 그런 화제를 입에 담았던 건, 히로카와 양 때문이지?"

역시 마이는 알고 있었던 것이다. 알고 있으면서, 의문을 입에 담지 않았다. 아마 노노카한테서 무슨 말을 들은 것이리라.

"오늘 후타바한테 물어볼게요. 그 녀석, 분명 질색하겠지만요."

4

"아즈사가와는 아직도 사춘기인 거구나."

리오에게 우즈키의 이야기를 해주자, 그녀는 대뜸 이렇게 말했다.

학원 강사 아르바이트가 끝난 후.

오후 열 시가 지났는데도 패밀리 레스토랑 안은 8할 가량의 자리에 손님이 앉아 있었다.

오늘은 카에데도 아르바이트를 하는 날이며, 그녀는 사쿠타와 리오의 주문을 받으러 왔었다. 요리를 내온 사람은 고등학교 후배인 코가 토모에다. 두 사람 다 지금은 플로어에 없었다. 고등학생은 오후 열 시까지만 일할 수 있는 것이다. 지금쯤 안쪽에서 집에 돌아갈 준비를 하고 있을 것이다.

"나는 의외로 순수한 편이거든."

"돼지는 의외로 섬세하다니까."

"저기, 내가 아니라 돼지 이야기하는 거 맞지?"

리오는 사쿠타의 지적을 깔끔히 무시했다.

"아즈사가와가 생각하는 대로 아닐까?"

그리고 다시 본론에 들어갔다.

"그 말은……"

"분위기를 살피지 못하던 아이돌이, 분위기를 살필 수 있게 됐을 뿐인 거야."

"그런 일이 있을 수 있는 거야?"

이런 말 하는 건 좀 그렇지만, 우즈키는 원래 눈치 같은 것과는 완전히 담 쌓은 사람이었다. 그런데 겨우 하루 만에 이렇게 달라진다는 것은 도저히 무리라는 생각이 들었다.

"아즈사가와는 어떻게든 사춘기 증후군과 연결 짓고 싶나 보네."

"그렇지 않기를 바라고 있기는 해."

진심에서 우러난 말이다.

최근 1년 반 동안 사춘기 증후군과 조우하지 않았기에, 가능하면 이대로 영원토록 작별하고 싶다.

하지만 우즈키에게 일어난 이 일을 설명할 수 있는 건 사춘기 증후군뿐인 것도 엄연한 사실이다. 그 정도로, 우즈키의 태도에서는 위화감이 느껴졌던 것이다.

"만약 사춘기 증후군이라고 해도, 그녀는 자신이 분위기를 살피지 못한다는 점 때문에 고민하고 있었던 건 아니잖아?"

"뭐, 맞아."

물론 고민하던 시기가 있기는 했을 것이다. 친구들과 이야기가 맞지 않고, 친해지지 못했으며, 그러다 보니 어느새 고립된 것이다. 중학교와 고등학교에서 그랬다고 우즈키 본인에게 들은 적이 있다.

하지만 사쿠타와 만나기 전…… 일반 고등학교를 중퇴하고 통신제 고등학교에 다니게 되는 과정에서, 우즈키는 극복했다.

자신의 행복은 자신이 정한다.

그렇게 조언해준 어머니로부터 용기를 얻은 것이다…….

그런 우즈키니까, 남들과 똑같이 하지 못하는 자기 자신 때문에 고민을 하고 있던 카에데에게 길잡이가 되어 줬다. 카에데의 용기가 되어 준 것이다. 그 덕분에 카에데는 우즈키의 팬이 됐다.

"그렇다면 사춘기 증후군에 걸릴 이유가 없지 않아?"

"그래."

리오와 상의를 해봤지만, 역시 같은 답에 도달했다. 문제가 없다. 그래서 문제인 것이다. 하지만 문제가 없으니, 문제는 없다……. 이래서는 선문답이다.

"개운치 않은 표정이네."

"맞아. 그냥 분위기를 살필 수 있게 된 거라면 몰라도…… 복장까지도 갑자기 주위 사람들과 똑같이 입게 된 건 좀 이상하지 않아?"

마침 가게 안쪽 테이블에는 비슷한 분위기의 여대생 3인조가 있었다. 무릎 언저리까지 오는 치마와 고급스러운 인상의 블라우스, 어깨 근처까지 기른 머리카락은 안쪽으로 약간 말려 있었다. 목욕 직후의 홍조를 띤 볼 느낌으로 화장을 한 그녀들은 즐겁게 수다를 떨고 있었다. 미팅 후의 반성회……라기보다, 자신들의 눈에 차지 않던 남자들의 뒷담화를 하는 소리가 들렸다.

"어쩌면 아즈사가와가 새로 사귄 귀여운 여자 사람 친구의 말이 맞는 것 아닐까?"

리오는 퉁명한 표정으로 커피 잔을 입에 댔다. 그녀의 입술은 희미하게 색깔을 띠고 있었다. 리오도 대학에 들어간 후로는 옅은 화장을 하게 됐다.

"일단 아직은 친구 후보야."

"귀엽다는 건 부정 안 하네."

"그래서?"

더 태클을 걸기 전에 이야기를 진행하는 편이 나을 것 같았다.

"매일 비슷한 정보를 접하다 보면, 직접적으로 주고받지 않더라도 정보는 공유되며, 그 바람에 다들 거기서 거기가 된다는 이야기 말이야. 인간은 그런 사회성을 갖추고 있는 거야."

리오는 남 일처럼 그렇게 말했다. 하지만 사쿠타는 그 인식이 마음에 걸렸다.

"그건 따지고 보면 양자 읽힘과 비슷하지 않아?"

떨어진 곳에 있는 두 입자가 아무런 촉매도 없이 순식간에 정보를 공유해 똑같이 행동을 하게 되는 현상이다. 그리고 그 현상을 가르쳐준 사람은 바로 리오다.

"결과만 따로 떼어놓고 그런 쪽으로 해석을 한다면, 비슷……할지도 모르겠네."

커피 잔에서 입을 뗀 리오가 은근슬쩍 가게 안쪽에 있는 테이블을 곁눈질했다.

"예를 들어, 양자 얽힘 상태인 커뮤니티가 있다고 쳐."

리오가 쳐다보는 것은 미팅을 마치고 돌아가는 길로 보이는 여대생 3인조다.

"있네."

"거기서 양자 얽힘 상태가 아닌 친구가 합류했다고 쳐."

타이밍 좋게 「늦어서 미안해. 오래 기다렸어?」 하고 말하며, 여대생들이 있는 테이블에 한 사람이 뒤늦게 왔다. 미팅은 실패했고, 시간은 남아서 친구를 부른 걸까. 그 친구만 밀리터리 스타일의 블루종을 입고 있어서, 혼자만 유독 튀었다.

"합류했어."

"나중에 온 한 사람이 어떤 이유로 양자 얽힘 상태에 휘말렸을 때, 그 시점에서 정보는 공유화되면서 커뮤니티와 일체화되는 거니까 아즈사가와가 하는 말도 납득이 되긴 해."

뒤늦게 합류한 여대생은 자리에 앉자마자 밀리터리 스타일의 블루종을 벗었다. 그러자 원래 이 자리에 있던 세 사람과 비슷한 복장이 됐다.

그야말로 정보가 공유화되면서, 하나의 그룹으로 일체화되고 만 것이다.

그저, 모두가 분위기를 살핀 결과다.

듣고 보니 그럴지도 모른다는 생각이 들었다. 하지만 분위기를 살피고, 대학생답다는 게 어떤 건지 이해하며, 때와 장소와 상황에 맞는 복장을 갖추게 된다고 해서…… 헤어스타일과 화장, 복장이 그렇게 비슷해지는 걸까. 미리 짜지 않고 그게 가능한 대학생이란 존재는 뭔가 특별한 능력이나 재능을 지닌 걸지도 모른다는 생각이 들었다.

"하지만, 그렇게 치면 이번 케이스는 그쪽일지도 모르겠네."

"그쪽이 어느 쪽인데?"

"이게 사춘기 증후군일 경우…… 사춘기 증후군을 일으킨 건 히로카와 우즈키가 아니라, 그녀 이외의 분위기를 살피는 대학생 전원인 거야."

리오는 그런 말도 안 되는 생각을 입에 담았다.

하지만, 불가사의하게도 납득이 됐다. 안쪽 테이블에 있는 여대생들을 예로 든 설명에 맞춰 보자면, 리오의 발언은 충분히 앞뒤가 맞았다.

"무의식적으로 정보를 공유해서, 보통 혹은 모두 같은 식으로 여겨지는 평균화된 가치관을 낳는 사춘기 증후군이라고 하면 될까. 어쩌면 그것을 실현시키는 양자 얽힘 같은 성질을 지닌 무의식적인 네트워크가, 사춘기 증후군에 의해

형성된 거야."

"대학원 전원이?"

"응. 대학생 전원이 말이야."

정말 말도 안 되는 생각이었다. 당치도 않다. 스케일이 상상했던 것보다 훨씬 크다. 하지만 어느 대학에도 비슷한 학생 그룹은 존재하며, 비슷한 겉모습과 비슷한 가치관을 지니고, 비슷하게 행동하는 것 또한 사실이다.

무엇보다, 우즈키와는 다르게 사춘기 증후군을 일으킬 이유가 있다.

미오리가 말했던 것처럼 말이다.

고등학교 때까지는 교복이라는 존재가 그들이 고등학생이라는 것을 증명해줬다. 반이라고 하는, 자신들이 있을 곳이 준비되어 있었다.

하지만 대학은 다르다. 교복도 없고, 반도 없다. 자신을 형태 짓는 것을 빼앗겼기에, 자각 못한 상태에서 무의식적으로 대학생의 올바른 모습이라는 것을 추구하고 만다. 그런 막연한 불안의 집합체가 바로, 리오가 말한 『보통』이자 『모두』라는 보이지 않는 존재인 것이다.

"사춘기 증후군의 존재가 그것이라면, 그녀가 휘말릴 이유도 짐작이 되잖아."

"즛키는 즛키거든."

우즈키는 우즈키답게 살고 있다. 아이돌이고, 텔레비전에 나오며, 패션 잡지에도 실리는…… 자신다움을 찾지 못해 방황하고 있는 다른 대학생이 보기에 눈부신 존재이자, 눈부시기에 거북스럽고, 쳐다보고 싶지 않은 존재이기도 했다.

그래서 집단 속에 삼켜버렸다.

"어차피 이런 일은 말이야. 아즈사가와의 분야 아냐?"

"왜?"

"통계학부는 이런 걸 분석하는 데잖아?"

"1학년은 일반교양과 기초수학만 배워."

전문분야 수업은 하나도 듣지 않았다. 통계나 과학, 혹은 통계과학을 배우고 있는 느낌을 아직 받지 못했다.

"뭐, 이번 건에 관해서 보자면 지금 이야기한 것은 딱히 의미가 없을지도 몰라."

"그래?"

리오 덕분에 현재 상황을 보는 견해가 꽤 달라졌는데…….

"아즈사가와도 알고 있잖아? 무슨 일이 일어나는 건 이제부터라는 걸 말이야."

리오는 그 말을 천천히 입 밖으로 내뱉었다.

"뭐, 그렇게 될 거라고 생각하긴 해."

리오는 전부 내다보고 있었다.

"갑자기 분위기를 살필 수 있게 되면서, 이것저것 깨닫게 될 테지."

"좋은 것도, 나쁜 것도 말이야……."

"그게 그녀를 바꿀지도 모르기 때문에, 아즈사가와는 걱정하고 있는 거구나?"

"팬으로서 당연하잖아?"

우즈키에게 구원받은 건 카에데만이 아니다. 그녀가 카에데의 힘이 되어준 것이, 사쿠타에게도 큰 도움이 되었다. 노도카의 말을 빌리자면, 우즈키에게는 사람들을 미소 짓게 하는 힘이 있다. 그것은 사실이라고 생각한다. 그러니 그녀가 뿜는 빛이 흐려지는 것을 보고 싶지 않다.

사쿠타에게 있어 우즈키는 그런 생각이 들게 하는 친구 중 한 명인 것이다.

하지만 사쿠타의 바람과 달리, 상황은 변하기 시작했다.

우즈키는 분위기를 살피게 됐다.

분위기를 살피게 되면서, 언젠가 눈치챌 것이다.

분위기를 살피지 못했던 자신이, 지금까지 남들에게 어떻게 보였는지를……

"바람피우는 게 들키지 않도록 조심해."

농담인지 진심인지 알 수 없는 어조로 그렇게 말한 리오는 가게 안의 시계를 쳐다보았다. 두 사람이 가게에 들어온 후로 한 시간 가량 지났다. 지금은 오후 10시 20분이었다.

"카에데 녀석, 왜 이렇게 안 나오는 거야?"

함께 돌아가자며 기다려 달라고 했던 카에데가 한참이 지났는데도 나오지 않았다.

"나는 카에데한테 가볼 테니까, 후타바는 먼저 돌아가."

"그래? 알았어."

리오는 자기가 먹은 음식 값을 테이블에 둔 후, 「학원에서 또 봐」 하고 말하며 가게를 나섰다.

리오를 배웅한 후, 사쿠타는 점장에게 말을 걸어서 계산을 마쳤다.

그리고 카에데를 찾기 위해 가게 안쪽으로 들어갔다.

주방 카운터 앞을 지나 안쪽으로 들어가 보니, 휴게실 안쪽에서 목소리가 들려왔다. 여자 두 명의 목소리였다. 양쪽 다 귀에 익은 목소리였다.

안쪽을 보니, 예상했던 인물들이 있었다. 카에데와 토모에다. 두 사람 다 아직 웨이트리스복을 입고 있었으며, 카에데가 들고 있는 스마트폰을 같이 보고 있었다.

"빨리 갈아입어~."

"아, 선배."

사쿠타가 온 것을 눈치챈 토모에가 그를 향해 고개를 돌렸다.

"오빠, 이것 좀 봐. 우즈키 씨, 완전 큰일 났어."

"뭐?"

영문을 알 수 없었다. 우즈키에게 이상한 일이 일어나고 있기는 하지만, 카에데는 아직 그 건에 대해 몰랐다.

"됐으니까 빨리 이것 좀 봐."

"너나 빨리 돌아갈 준비를 해줬으면 좋겠는데……."

사쿠타는 카에데를 데리고 빨리 집에 돌아가고 싶었다.

"진짜 큰일 났단 말이야!"

사쿠타는 카에데가 자신의 얼굴을 향해 내민 스마트폰의 화면을 어쩔 수 없이 쳐다보았다.

화면에 나온 것은 일전에 타쿠미가 보여줬던 와이어리스 이어폰 광고였다.

젊은 여성이 아카펠라로 노래를 했으며, 그 곡이 키리시마 토코의 커버곡이라 화제가 됐다고 한다.

게다가 노래를 한 여성의 입가부터 아랫부분만 화면에 나왔기 때문에 「저 광고에서 노래 부르는 애는 누구지?」 라는 점으로 시청자의 흥미를 끌고 있다고 한다. 일전에 타쿠미에게 들은 바에 따르면 말이다.

얼굴이 보일 것 같은데 보이지 않으니, 확실히 신경이 쓰이기는 했다.

사쿠타도 처음 봤을 때는 신경이 쓰였다.

카메라가 조금만 더 위쪽을 향하면 보일 텐데…… 싶은 타이밍에 광고가 끝나고 만다. 하지만 지금 사쿠타가 보고 있는 영상은 그것보다 더 길었으며, 30초가 지났는데도 계속되고 있었다.

노래가 마지막 후렴구 부분에 접어들었다.

더욱 섬세하고, 더욱 힘찬 노래였다.

카메라는 가슴에서 목으로, 목으로 입가로 향하더니……

노래가 끝나는 것과 동시에, 보이지 않던 여성의 맨얼굴이

화면에 나왔다.

이마에 맺힌 땀.

열창을 하느라 홍조를 띤 볼.

충족감으로 가득 찬 미소를 머금은 저 여성을, 사쿠타는

안다.

오늘도 대학교에서 봤던 인물이다.

그 사람은 우즈키가 틀림없었다.

"오늘 새로운 버전이 공개됐는데, 벌써 재생 수가 100만 번

을 넘었대."

카에데는 흥분한 어조로 그렇게 말했지만, 사쿠타는 그게

얼마나 대단한 일인지 알지 못했다. 그래도 이것이 엄청난

일이라는 것은 알 수 있었다.

재생 수보다, 광고의 연출과 아름답고 힘찬 노랫소리 때문

에 온몸에 소름이 돋았다. 논리적으로 설명할 수 없는 그런

강렬한 무언가가 화면에서 전해져 왔다.

사쿠타만 그런 무언가를 느낀 것이 아닌지, 광고 동영상

에는 많은 댓글이 달려 있었다.

　—저 애, 퀴즈 방송에 나오는 그 어벙한 애지?

　—노래도 잘 부르네

—이렇게 보니 미인

—꽤 대단하네

—노래, 끝내주잖아

—즛키의 시대가 오겠군

우즈키를 아는 사람도 있는가 하면, 모르는 사람도 있었다.

그들의 공통점은 이 광고를 통해 우즈키에게 강한 흥미를 가졌다는 것이다.

그런 사람들의 넘실대는 감정에는, 무언가를 움직이게 할 열량과 명확한 예감이 존재했다.

5

다음날인 목요일. 10월 6일.

대학에 향하던 도중, 요코하마 역에서 케이큐 선으로 갈아탄 사쿠타는 빨간 전철 안에서 우즈키와 마주쳤다. 하지만 진짜 우즈키가 아니라, 전철 광고판에 설치된 사진 속의 우즈키다.

소년 만화 잡지의 표지를 단독으로 장식하고 있었다.

무릎 한쪽을 가슴에 대며 바닥에 앉아서 푹 쉬고 있는 포즈다. 헐렁한 스웨터의 목널미 부분으로 한쪽 어깨가 노출되어 있으며, 새하얀 피부 위에 흘러내린 검은색 머리카락이 묘하게 요염했다. 하지만 오렌지를 베어 물며 짓고 있는 어리둥절한 표정에서는 나이에 걸맞은 귀여움이 배어나오고 있었다. 애인에게만 보이는 솔직한 표정 같은 느낌이다.

꽤 괜찮은 사진이라는 생각이 들었다. 카에데에게 선물 삼아 사다줄까.

그런 생각을 하며 우즈키의 사진을 보고 있을 때였다.

"오빠 분, 그만 좀 쳐다봐."

뒤편에서 누군가의 목소리가 들렸다.

뒤를 돌아보니, 모자를 쓰고 마스크를 쓴 여성이 서있었다.

진짜 우즈키였다.

"기왕이면 진짜를 쳐다보도록 할까."

사쿠타는 우즈키를 향해 돌아섰다.

하지만 현실의 우즈키는 두 어깨를 옷 안에 깨끗하게 넣어뒀다. 노출이 적었다. 요염함이 부족했다.

"역시 이쪽이 낫네."

사쿠타는 전철 안의 광고를 향해 다시 고개를 돌렸다. 댄스로 단련한 건강미 넘치는 속살에서 생생한 색기가 느껴졌기에, 계속 쳐다보고 싶었다.

"너, 너무 쳐다보는 거 금지야."

우즈키는 부끄럽다는 듯이 사쿠타의 팔을 잡아당겨서 그의 몸을 돌렸다. 꽤나 드문 반응이었다. 예전에는 수영복 그라비아 사진이 실린 잡지를 사쿠타가 가지고 있어도 「어때? 어때?」 하며 감상을 물었던 것이다.

우즈키가 이렇게 솔직하게 부끄러워하자, 나쁜 짓을 한 것 같은 느낌이 들었다. 더 괴롭혀주고 싶다는 충동이 샘솟았다. 이 일이 노도카에게 전해지면 성가실 것 같았기에, 사쿠타는 진짜 우즈키를 향해 고개를 돌렸다.

　할 이야기도 있으니 말이다.

　"요즘 컨디션이 좋나 보네."

　"응. 덕분에 말이야."

　"광고도 좋았어."

　"오빠 분도 봤구나."

　사쿠타가 그렇게 말하자, 우즈키의 목소리가 약간 작아졌다.

　"어제 카에데가 호들갑을 떨며 가르쳐줬어. 반응이 엄청 좋다며?"

　"그런 것 같아. 오늘 아침에도 매니저한테 연락이 왔는데, 대학에 갈 때 조심하래."

　그래서 평소에는 맨얼굴을 드러내고 다니던 우즈키가 오늘은 모자와 마스크를 착용하고 있는 것이다.

　변장이 효과가 있는 건지, 아직 주위의 승객들은 우즈키를 알아보지 못했다. 하지만 사쿠타와 마찬가지로 전철 광고 속의 우즈키를 한동안 쳐다보고 있는 승객이 몇 명이나 있었다. 어제 광고를 봤으니 저런 반응을 보이는 것이리라.

　문 옆에 선 여고생 2인조도 마찬가지다.

　"저기, 저 사람은 어제 그……."

"아, 그 광고에 나온 사람!"

"맞아. 이름이 뭐더라?"

"기다려봐. 검색해볼게."

스마트폰을 꺼내며 나누는 이야기가 들렸다.

예전의 우즈키였다면 스스로 말을 걸며 자기소개를 했어도 이상하지 않을 시추에이션이다. 우즈키가 갑자기 말을 건 바람에 당황하는 상대를 개의치 않으며, 그녀는 자신의 페이스에 따라 힘차게 악수를 했을 것이다. 하지만, 현재의 우즈키는 꼼짝도 하지 않았다.

등을 쭉 펴며 긴장하고 있을 뿐이다.

"맞아, 히로카와 우즈키야."

"이거, 정말일까? 요코하마의 시립 대학에 다닌다고 적혀 있네."

"그럼 이 전철을 이용하는 걸까?"

"어~, 그럼 만날 수 있을지도 모르겠네."

그런 대화가 들려오자, 우즈키의 눈동자에 당황한 눈빛이 어렸다.

바로 그때 들려온 전철 안내 방송 때문에 여고생들은 대화를 잠시 멈췄다. 그 안내 방송은 다음 역이 카미오오오카라는 것을 알려줬다.

"이번 역에서 내린 다음, 옆 칸으로 옮길까?"

사쿠타가 작은 목소리로 그렇게 말하자, 우즈키는 영문을 모르겠다는 표정을 지었다. 하지만 곧 사쿠타의 말에 담긴 의미를 이해한 건지, 한순간 눈을 치켜뜬 후에 「응」 하고 말하며 고개만 끄덕였다.

카미오오오카에서 플랫폼에 내린 사쿠타와 우즈키는 다른 차량으로 옮겨 탔지만, 이동한 차량에서도 우즈키의 광고에 대해 이야기하는 고등학생이 있었다. 이번에는 남자 세 명이었다.

"진짜 노래 잘하네."

"그리고 엄청 귀엽잖아."

"너, 오늘 잡지 사."

"네가 사라고."

아침부터 흥분한 것처럼 떠들고 있었다. 아니, 실제로 흥분한 것이다.

그래서 다음에 정차한 카나자와 분코 역에서도 일단 내린 사쿠타와 우즈키는 다른 차량으로 옮겨 탔다.

"왠지 몰래 데이트하는 것 같지 않아?"

우즈키는 왠지 즐거운 것 같지만, 마이의 애인인 사쿠타는 솔직히 가슴이 조마조마했다.

지금 우즈키와 같이 있다는 걸 들킨다면 사실여부는 상관없이 애인 취급을 당할 것이며, 말도 안 되는 헛소문이 퍼질지도 모른다. 양다리 의혹 같은 것이 돌기라도 한다면 최악이다.

그래서 대학이 있는 카나자와 핫케이 역에 도착한 사쿠타는 「휴우~」 하고 안도의 한숨을 무의식적으로 내쉬었다.

개찰구를 지난 두 사람은 역 서쪽으로 이어지는 계단을 내려갔다.

이 시간에 이 길을 걷는 이는 대부분 같은 대학에 다니는 학생이다. 그 외에는 교직원뿐이다.

"그건 그렇고, 영향력이 엄청나네."

이렇게 세상 사람들이 알기 쉬운 반응을 보일 거라고는 어제만 해도 생각조차 못했다.

"응."

우즈키는 당혹스러워하는 사쿠타에게 동의하면서도, 그렇게 난처해하지 않았다. 그럴 만도 했다. 우즈키가 지금까지 해온 활동이 하나의 성과로 이어졌을 뿐인 것이다. 드디어 단숨에 인기 연예인이 될 기회가 찾아온 것이니, 긍정적인 감정에 사로잡혔을 것이 틀림없다. 전철을 타기 힘들어지는 것 정도는 큰 문제가 아닌 것이다.

"이제부터 코시엔까지 쭉 나아가면 되겠네."

"거기는 야구대회가 열리는 데야, 오빠 분."

"목표는 코쿠리츠, 였나?"

"그건 축구 대회거든?"

"하나조노?"

"럭비."

"아하, 료고쿠구나."

"약간 빗나갔네. 거기는 스모야."

우즈키는 마지막까지 정확하게 태클을 걸었다. 사쿠타가 농담을 한다는 것을 알고 있는 것이다. 그 농담에 어울려 줬다. 예전처럼 「웬 코시엔?」 하고 질문을 던지는 바람에 이야기의 핀트가 어긋나지는 않았다. 예전에는 어떤 식의 농담이었는지 설명해야 할 때도 있었는데…….

"우리의 목표는 무도관에 가는 거야."

알고 있겠지만 말이야, 하고 우즈키는 덧붙여 말했다.

"그 무도관에도 다가선 것 아닐까?"

"으음~, 글쎄."

우즈키의 목소리는 진지했다. 마스크를 쓰고 있어서 표정의 미묘한 변화는 알 수 없지만, 진지하게 정면을 바라보는 눈길에는 무언가에 대한 엄격함이 어려 있었다.

사쿠타는 아이돌 업계에 대해 잘 알지 못하지만, 우즈키의 표정을 보고 무도관이 특별한 장소라는 것을 알 수 있었다. 적어도 지금의 우즈키에게 있어서는 농담으로라도 「분명 갈 수 있을 거야」 하고 가벼운 마음으로 말할 수 있는 장소가 아닌 것이다. 우즈키는 그런 의미에서 말을 골라가면서 하고 있었다.

"그런데, 왜 목표를 무도관으로 잡은 거야?"

"나는 다른 애들과 함께라면 어디라도 괜찮았어."

"그래?"

"오빠 분에게는 예전에 말했지?"

"뭘 말이야?"

"나, 중학교에 들어갔을 즈음부터 친구가 없었다는 이야기 말이야."

"들었어."

"그래서 같이 있어주는 스위트 불릿의 멤버는 나에게 있어 특별한…… 친구 이상의 존재야."

얼마나 특별한지는 우즈키만이 알고 있을 것이다. 그래서 사쿠타는 일부러 아무 말도 하지 않았다. 안다고도, 모른다고도 말하지 않았다.

"아이카와 마츠리는 먼저 졸업했지만 말이야. 그러니 남은 애들…… 노도카, 야에, 란코, 호타루와 함께, 무도관 무대에 서고 싶어."

우즈키는 마지막으로 한 번 더 「함께」 하고 중얼거렸다. 중요한 것은 멤버들과 함께하는 것이다. 그 사실이 확연하게 전해져왔다.

그 목표를 위해, 이번 광고의 히트가 그녀들을 위한 순풍이 될 것이 틀림없다. 한 걸음 정도가 아니라 서너 걸음은 전진한 것이다.

하지만 보는 관점을 바꾸자면, 우즈키의 솔로 데뷔를 모색하고 있는 사무소의 방침에도 막대한 영향을 줄 느낌이 들었다. 우즈키가 단독으로 광고에 출연했으니까…….

사무소에서 손을 쓸 거라면, 주목을 모으고 있는 지금이 가장 적절할 것이다.

실제로 이렇게 우즈키와 나란히 걸어보니, 세상이 우즈키에게 주목하고 있다는 것을 알 수 있었다. 아까부터 주위를 걷는 학생들이 힐끔힐끔 쳐다보고 있었다. 신경 쓰지 않는 척을 하며 쳐다보는 시선이 느껴졌다.

우즈키도 그것을 눈치챘으니까, 가능한 한 앞만 쳐다보며 걷고 있는 것이다.

"절반은 오빠 분을 쳐다보고 있거든?"

"무슨 소리야?"

"사람들이 쳐다보는 사람 말이야."

아마 왜 저 녀석은 『사쿠라지마 마이』뿐만 아니라 『히로카와 우즈키』와도 친한 거냐, 같은 이유로 부러워하고 있는 것이다.

"하지만 나는 오빠 분을 만나서 다행이라고 생각해."

"갑작스러운 고백은 고맙지만, 나한테는 마음에 정해둔 사람인 마이 씨가 있거든. 미안해."

"차였네~. 방금 그 말은 오빠 분과 알게 되어서 다행이라는 말이 아냐. 오늘 아침에 전철 안에서 만나서 다행이라는 의미란 말이야."

물론 그 정도는 알고 있다. 사쿠타가 알고 있는 것을, 지금의 우즈키 또한 당연히 알고 있다. 전부 알면서도, 재미있어 하며 일부러 하나하나 설명한 것이다.

"오빠 분은 의외로 성가시고 심술궂은 사람이네."

"이제 눈치챈 거야?"

"응. 얼마 전까지는 까맣게 몰랐어."

두 사람은 그런 이야기를 나누며 정문을 통과했다.

대학 안의 가로수길을 나아가자, 주위의 시선이 단숨에 쏠렸다.

지금은 1교시와 2교시 사이의 쉬는 시간이다. 2교시를 들으러 온 학생과 1교시를 마치고 2교시 강의실로 이동하는 학생들로 북적이고 있었다.

이곳이 다른 장소였다면, 우즈키의 존재를 눈치채는 사람이 더 적었을 것이다. 하지만 이 학교에 다니는 학생들은 알고 있는 것이다. 히로카와 우즈키가 자신들의 동창이라는 사실을 말이다.

대학에 있을지도 모른다고 전제에서 생각을 하니, 우즈키를 눈치챌 기회가 늘어난다. 모자와 모스크의 효과도 대학 부지 안에서는 꽤 약해지는 느낌이 들었다.

"내일은 안경도 써볼까?"

"헤어스타일을 바꾸면 잘 들키지 않는다고 마이 씨가 전에 말했어."

"아~, 그렇구나."

지금도 우즈키는 누구도 의식하지 않기 위해, 앞만 바라보며 걷고 있었다. 주위의 반응을 파악하고 있는 것이다. 이 공간의 분위기를 살피고 있다.

그런 우즈키의 눈길이 한순간 길가로 향했다.

휴강 안내와 취직 세미나 정보가 게재된 게시판이 몇 개나 있는 장소다. 그 가장자리…… 서클 권유 포스터가 붙은 게시판 앞에서는 한 여학생이 지나가는 학생들에게 말을 건네고 있었다.

"학생 자원봉사에 흥미 없으신가요?"

사쿠타가 아는 여학생이었다.

아카기 이쿠미였다.

"창설된 지 얼마 안 된 단체에서, 함께 활동할 분을 모집하고 있습니다."

그렇게 말하며 손에 쥔 종이의 안내서를 내밀었다. 하지만 누구도 받아주지 않았다.

열심히 잡담을 나누고 있는 여학생 두 명이 이쿠미 앞을 지나갔다. 와이어리스 이어폰을 한 남학생은 손을 가볍게 들어 보이며 사양했다.

"지금은 등교 거부 아동의 학습 지원을 하고 있어요. 아직 일손이 부족한 상황이에요."

담담히, 그러면서도 또렷한 목소리로 이쿠미는 끈질기게

말을 이었다.

하지만 걸음을 멈추는 학생은 한 명도 없었다. 반응을 보이더라도, 이쿠미의 앞을 지나간 후에 「자원봉사래」 하고 작은 목소리로 말하며 뒤를 돌아보거나, 혹은 같이 있던 친구와 시선을 맞추며 희미하게 웃을 뿐이었다.

그녀들의 눈동자는 「대단하네」, 「자의식이 엄청나네」 하고 이야기하며, 자신들의 가치관 안에서 그 상하관계를 확인하려 하고 있었다.

그리고 그 대답에 만족하자, 이쿠미를 쳐다보지도 않았다. 어느 카페의 점원이 미남이다 같은 이야기를 나누며 본관 건물 쪽으로 사라졌다.

그 후에도 누구 한 명 이쿠미 앞에서 멈춰 서지 않았으며, 누구도 흥미를 보이지 않았다.

하지만 이쿠미가 계속 말을 건네자, 딱 한 사람이 걸음을 멈췄다.

사쿠타의 옆에 있는 사람이…….

이쿠미가 말을 걸었기 때문이 아니다.

우즈키는 이쿠미에게서 열 걸음 이상 떨어진 위치에 있었다.

갑자기 멈춰선 우즈키는 이쿠미를 쳐다보고 있었다.

이쿠미를 무시하며 지나가는 학생들을 쳐다보았다.

그리고 이쿠미에게서 떨어진 곳에서 학생들이 웃고 있다는 것을, 우즈키는 눈치챘다.

반쯤 열린 우즈키의 입술이 희미하게 떨렸다. 희미하게 처진 눈가에는 안타까운 무언가가 어려 있었다.

"저기, 오빠 분."

"……."

사쿠타는 아무 말 없이 우즈키가 이어서 할 말을 기다리고 있었다.

우즈키가 무슨 말을 할지, 사쿠타는 상상이 된 것이다.

이 순간이 언젠가 찾아올 것이라고 생각했다.

가능하다면, 이 문제의 해답은 맞춰보고 싶지 않았다.

하지만, 우즈키는 입을 열었다.

눈치챈 이상, 말할 수밖에 없다.

우즈키는 마스크를 벗더니, 사쿠타를 쳐다보았다.

"나도, 비웃음을 사고 있었구나."

우즈키는 표정 하나 바꾸지 않은 채, 그렇게 중얼거렸다.

사쿠타는 대답할 말이 없었다.

그래서 눈을 깜빡이듯, 희미하게 고개를 끄덕였다.

제3장

Social World

"오리온자리의 일부이자, 초신성—."

문제가 도중까지 나온 상황에서 누구보다 먼저 버튼을 누른 이는 바로 우즈키였다. 대답 자격을 얻었다는 것을 알리는 램프가 우즈키의 자리에 켜졌다.

"즛키~."

퀴즈 방송의 사회를 맡은 남성 연예인이 답을 묻자…….

"베텔기우스!"

우즈키는 자신만만한 어조로 대답했다.

그리고 잠시 뜸을 들인 후, 정답이라는 사실을 알리는 벨이 울렸다.

"문제는 『오리온자리의 일부이자, 초신성 폭발이 머지않았다고 여겨지는 별의 이름은 무엇?』이었습니다."

방송 도우미인 젊은 여성 아나운서가 문제를 끝까지 소개했다.

"즛키, 오늘 뭐 잘못 먹었어?"

호들갑스럽게 우즈키에게 말을 건 이는 40대 후반의 사회자였다. 눈을 동그랗게 뜨고 있었다.

우즈키는 이것으로 한 번도 틀리지 않고 3연속으로 정답을 맞혔다. 예전에는 항상 괴상한 답만 연발하던 우즈키가 이렇게 대활약을 하고 있으니, 사회자가 얼마나 놀랐을지 사쿠타는 이해가 될 것만 같았다.

"요즘 컨디션이 좋아요!"

"이야, 방송 자체의 컨디션은 나쁘거든? 나는 오늘 시청률이 걱정되네~."

"앞으로도 정답을 팍팍 맞힐 거예요!"

우즈키가 의욕을 내자, 사회를 맡은 남성 연예인은 「그러지 말아 줄래?」 하고 한탄하듯 말했다.

전부 텔레비전 안에서의 일이다.

—나도, 비웃음을 사고 있었구나.

우즈키가 그 말을 한 후로 열흘이 흘렀다.

오늘은 10월 17일. 월요일.

이 방송의 수록을 언제 했는지는 모른다. 하지만 방송에서 우즈키가 출연한 광고에 관한 이야기를 하는 것을 보면, 광고에서 얼굴이 공개된 이후에 수록한 것이 틀림없다.

촬영 날짜와 방송 날짜가 맞지 않더라도 분위기를 살피며 적절히 대답하는 우즈키의 태도가 그 사실을 알려주고 있었다.

"즛키는 이제 아티스트로 나갈 거야?"

사회자는 농담하는 분위기로 그렇게 놀리듯 말했다.

"지금이 물들어 올 때니까 열심히 노를 저어야죠!"

우즈키가 분위기를 살피며 그렇게 대답하자, 웃음이 터져 나왔다.

"즛키, 뭐 잘못 먹기라도 한 거야?!"

사회자는 연기가 아니라 진짜로 놀라고 있었다.

"하지만 재미있으니까 괜찮으려나?"

이 방송에 함께 출연한 노도카가 쓴웃음을 지으며 그 대화를 옆에서 듣고 있었다. 우즈키를 쳐다보는 노도카의 표정이 한순간 어두워진 것을, 사쿠타는 놓치지 않았다.

노도카가 무슨 생각을 하는 건지는 모르겠지만, 뭔가 고민이 있다는 것은 알 수 있었다. 그리고 그것은 우즈키의 태도가 변화했다는 점과 분명 연관이 있을 것이다.

사쿠타는 그런 방송을 학원 교무실에서 보고 있었다.

수학 수업을 무사히 마치고 야마다 켄토와 요시와 쥬리의 학습 상황 일지도 작성하고 있을 때, 안쪽 소파자리에 있던 학원장이 텔레비전을 켠 것이다.

"히로카와 우즈키라는 애, 참 재미있지 않나?"

학원장은 뒤편에 있던 사쿠타에게 말을 건넸다.

"그러네요."

방송에서는 우즈키의 활약 덕분에 그녀가 참가한 팀이 승리했다. 상금 100만 엔이 걸려있는 보너스 챌린지는 아쉽게도 실패로 끝나면서, 방송은 엔딩을 맞이했다.

"그럼 다음 주에 또 봐요~!"

사회자의 목소리를 신호 삼아, 약 스무 명의 출연자들이 다 같이 손을 흔들었다.

사쿠타는 그 분위기를 귀로만 접하면서 일지를 마무리 지었다.

텔레비전을 다시 쳐다보니, 이미 다음 방송이 시작됐다.

우즈키의 그 말이 사쿠타의 주위에 극적인 변화를 가져왔느냐면, 물론 그렇지는 않았다.

사쿠타도, 이 세상도, 예전과 다름없이 평온한 생활을 이어가고 있었다. 적어도, 이 열흘 동안은 평온했다.

우즈키 또한 일상생활에서는 예전과 별반 다르지 않았다. 일이 없는 날에는 학교에 왔고, 친구들 사이에 섞였으며, 수다를 떨었고, 함께 웃었다.

오늘도 스페인어 수업 때 봤지만, 겉보기에는 딱히 달라진 구석이 없었다.

오히려 리오의 이야기를 들은 후로는, 똑같은 복장으로 똑같은 행동을 취하는 대학생들이 사쿠타의 눈에 부자연스럽게 보였다. 이것이 대학생 전원이 휘말린 사춘기 증후군이라면, 섬뜩할 정도였다.

앞자리에 앉은 남학생과 똑같은 옷을 입은 사쿠타 또한 스스로도 모르는 사이에 사춘기 증후군에 휘말린 거라면……. 모두 혹은 보통 같은 것을 무의식적으로 의식하며, 무자각적으로 그것에 물들어버리는 사춘기 증후군에…….

"수업 중에 히로카와 양을 계속 쳐다보던데, 바람이라도 피는 거야?"

수업이 끝난 후, 미오리가 그런 말을 했다.

"오늘, 즛키가 어때 보였어?"

사쿠타가 겸사겸사 미오리에게 물어보았다.

"그냥 평범한 것 같던데?"

……하고 대꾸했다. 이상한 질문을 한 사쿠타를 이상한 눈길로 쳐다볼 지경이었다.

하지만 진짜로 아무 것도 변하지 않았을 리가 없다.

우즈키는 눈치채고 만 것이다.

분위기를 살피지 못하는 자신을, 대학의 친구들이 어떻게 생각했는지를 말이다.

딱히 두각을 보이지 못하는 시원찮은 아이돌이던 자신이, 남들에게 어떻게 보였는지…… 눈치채고 말았다.

그러니, 우즈키의 내면에서는 어떤 식으로든 변화가 발생했을 것이다. 하지만 우즈키는 아무 일도 없었던 것처럼 행동하고 있다. 자신을 비웃던 대학 친구들과 함께 행동하고, 함께 수다를 떨며, 함께 점심을 먹었다.

그런 광경을, 다 잘 풀렸다는 듯이 여기며 쳐다보는 건 무리였다.

이런 상황이 앞으로도 쭉 계속될 리가 없다. 누군가가 무리하지 않고도 이런 상황이 유지된다면 아무런 문제도 없지만, 우즈키를 둘러싼 환경은 그녀가 무리를 하고 있기에 유지되고 있는 것이다.

그리고 그 무리한 인내는 축적된 끝에, 언젠가 폭발할 것이다.

그것을 알면서도 사전에 막을 방법이 없다는 사실이 안타깝다. 그런 개운치 않은 하루하루를, 사쿠타는 열흘 동안 보냈다.

"그럼 먼저 실례하겠습니다."

자리에서 일어난 사쿠타는 학원장에게 인사를 했다.

"다음 수업도 잘 부탁하네, 아즈사가와 선생."

"예."

사쿠타는 뒤돌아 선 채 대답을 한 후, 학원 강사용 옷을 벗으며 탈의실에 들어갔다. 옷을 로커에 넣은 후, 가방을 꺼냈다.

"돌아갈까……."

학원에 남아서 할 일은 없다. 사쿠타가 골머리를 썩인다고 해서 우즈키가 안고 있는 문제를 어떻게 할 수 있을 리가 없다. 결국 무슨 일이 터진다면, 그때 가서 자신이 할 수 있는 일을 하는 수밖에 없다.

그렇게 생각하며 탈의실을 나섰다.

"아, 사쿠타 선생님. 다음에 봐."

마침 학원을 나서던 켄토가 사쿠타를 향해 손을 흔들었다.

"다른 데 들르지 말고 빨리 돌아가."

"편의점에서 닭튀김 사서 바로 돌아갈 거야~."

어처구니없게도 자기가 어디 들를 건지 다 털어놨다. 켄토는 그렇게 말하며 학원을 나섰다. 사쿠타가 그런 켄토를 쳐다보고 있을 때였다.

"선생님, 안녕히 가세요."

이번에는 쥬리가 인사를 했다.

"다른 데 들르지 말고 빨리 돌아가."

"예."

쥬리는 순순히 그렇게 말하며 밖으로 나갔다.

사쿠타가 문 너머에서 손을 흔들자, 쥬리는 그를 향해 고개를 숙인 후에 집으로 돌아갔다.

운동을 해서 그런지 예의가 바르며, 고등학교 1학년치고는 어른스러웠다. 켄토와는 대조적이었다.

"뭐, 나도 돌아갈 거지만."

하지만 지금 바로 나섰다간 엘리베이터 앞에서 방금 배웅한 학생들과 마주치고 말 것이다. 그건 좀 거북할 것 같았기에, 사쿠타는 벽에 붙은 모의시험 포스터를 아무 이유 없이 살펴본 후에 돌아가기로 했다.

1, 2분 정도 시간을 헛되이 낭비한 후, 사쿠타는 엘리베이터를 타고 1층으로 내려갔다.

학원이 있는 임대 빌딩 앞의 대로를 둘러봤지만, 켄토와 쥬리는 보이지 않았다. 켄토는 닭튀김을 사러 갔고, 쥬리는 바로 돌아갔을 것이다.

하지만 다른 지인과 딱 마주치고 말았다.

"아, 선배."

토모에다.

"코가는 아르바이트 마치고 돌아가는 길이야?"

이 길의 끝에는 사쿠타와 토모에가 아르바이트를 하는 패밀리 레스토랑이 있다. 고등학교 교복을 입은 것을 보면, 학교를 마치고 아르바이트를 한 후에 집으로 향하는 길 같았다.

"선배도 마찬가지지?"

토모에는 학원 간판을 올려다보았다.

"그래."

사쿠타가 짤막하게 대답을 하며 역을 향해 걸음을 옮기자, 토모에가 그의 옆에 나란히 섰다.

"선배, 무슨 일 있어?"

토모에는 어째선지 느닷없이 그런 말을 했다.

"무슨 일 말이야?"

"그러니까, 무슨 일 말이야."

"……이거, 유행하기라도 하는 거야?"

"……뭐?"

토모에는 고개를 갸웃거리더니, 영문을 모르겠다는 표정을 지었다.

"방금 한 말은 잊어. 그것보다, 왜 무슨 일이 있다고 생각한 건데?"

"평소 같았으면 「뭐야, 코가잖아~」 하고 말했을 거잖아."

"그래?"

사쿠타는 일단 시치미를 뗐다. 다른 생각에 빠져 있었다는 것은 자각하고 있었던 것이다. 그건 그렇고, 토모에는 여전히 상대방을 잘 관찰하는 것 같았다.

"사쿠라지마 선배와 다투기라도 했어?"

"그쪽은 원만하니까 걱정하지 마."

"딱히 걱정 안 하거든?"

역 앞에 도착한 후, 횡단보도를 피해 육교에 올라갔다. 버스터미널을 완전히 뒤덮는 입체 보행로에 올라섰다. 길의 폭은 10미터 정도 되며, 통로이면서도 광장 같아 보였다.

사쿠타는 그곳 한편에서 기타 연주를 하며 노래하고 있는 젊은 남성을 발견했다. 나이는 스무 살 전후로 보였다. 사쿠타와 비슷한 또래였다.

난간을 등지고 서서 어쿠스틱 기타를 연주하고 있었다. 사쿠타가 모르는 곡을 연주하며, 그가 모르는 노래를 불렀다. 남성이 직접 만든 오리지널 곡인 걸까. 기타 케이스 안에는 직접 만든 듯한 CD가 놓여 있었다. 판매도 하는 것 같았다.

현재 시각은 오후 아홉 시가 넘었다. 많은 사람들이 일 혹은 수업을 마치고 돌아가느라, 역 앞은 사람들로 붐볐다. 귀가 중인 사람들이 자아낸 흐름은 흐트러짐이 없으며, 또한 빨랐다.

노래를 하고 있는 남성 앞에 멈춰선 이는 고등학교 교복을 입은 커플, 그리고 다른 고등학교의 교복을 입은 여자 2인조 뿐이었다.

대부분의 사람들은 눈길조차 주지 않으며 익숙한 발걸음으로 길을 따라 나아갔다.

노래를 부르는 남성의 존재 자체는 다들 인식하고 있을 것이다. 입체보행로의 반대편에 있는 사쿠타에게도 젊은 남성의 노랫소리가 들렸으니까 말이다.

"저기, 코가."

토모에에게 말을 건넨 사쿠타는 그 남성을 멀찍이서 바라보며 멈춰 섰다.

"왜?"

뒤늦게 멈춰선 토모에는 사쿠타의 시선이 향하고 있는 남성 쪽을 쳐다보았다.

"저 사람, 어떻게 생각해?"

"어떻게……?"

토모에는 난간에 등을 맡긴 사쿠타의 얼굴을 쳐다보았다.

"무슨 말이 듣고 싶어?"

토모에는 질문의 의도를 눈치챈 건지, 불만 섞인 표정을 지었다.

"네 솔직한 생각을 듣고 싶은 거야."

그러자 토모에는 잠시 생각에 잠겼다가 말을 고르듯 중얼거렸다.

"대단하다고 생각해."

"어떤 의미에서 말이야?"

대단하다는 말에는 크게 두 가지 의미가 있다.

솔직하게 대단하다.

그리고, 어찌 보면 대단하다.

"양쪽 다야."

토모에는 내키지 않는 말을 입에 담아서 그런지, 표정에 불만이 어렸다.

노래를 하고 있는 남성에게서 뒤돌아선 토모에는 난간에 팔꿈치를 얹으며 체중을 실었다.

"하고 싶은 일이 있고, 그것을 할 수 있는 행동력도 지녔어……. 그런 면은 정말 대단하다고 생각해."

"그렇지?"

노력하고 싶은 일을 찾는 것도, 실제로 노력을 하는 것도…… 막연하게 하루하루를 살고 있을 뿐인 사람이 보기에는 눈부셨다. 하지만 그 찬란함이 또 하나의 감정을 자아내기도 한다. 마음에 그림자가 드리워지는 것이다.

"대단하다고 생각하니까, 나는 항상 고개를 돌리고, 못 본 척을 하며…… 저런 사람들의 앞을 지나쳐. 자각조차 못한 채 말이야.”

토모에는 시선을 약간 돌리더니, 도로를 달리는 차량의 후미등을 눈으로 쫓았다.

“친구와 함께 있었다면「처음 듣는 곡이네」같은 말을 하며 약간 비웃었을지도 몰라.”

“사람이라면 누구나 그러잖아.”

지금도 대부분의 사람들은 본 척도 하지 않으며 지나치고 있었다. 눈치를 채더라도 딱히 의식하지는 않는다. 노래를 잘 부르는 편은 아니네, 가사를 알아듣기 어려워, 부끄럽지는 않은 걸까, 용케 저런 짓을 하네, 하고 마음속으로 생각할 것이다.

비슷한 광경이라면 얼마 전에 대학에서도 봤다. 자원봉사자를 열심히 모집하는 아카기 이쿠미의 앞을, 대부분의 학생들은 그냥 지나쳤다. 그때 이쿠미가 나눠주던 전단지를 받으러 갔던 사람이라고는 사쿠타가 알기로 우즈키뿐이었다.

“매일 그냥 지나쳤을 뿐인데, 저 사람이 몇 년 후에 유명해져서 방송에 나온다면「나, 저 사람이 길거리에서 공연할 때부터 알고 있었어」하고 남한테 자랑할 것 같아······.”

역시 라플라스의 소악마답다고나 할까.

일어날지 확실하지 않은 미래에 대해서까지 생각했다.

하지만 그런 토모에이기에, 사쿠타는 방금 같은 질문을 던진 것이다. 토모에라면 사쿠타가 원하는 말을 해줄 거라고 믿었다. 그리고 예상 이상의 대답을 들었다.

"아, 그래도 그런 유명인 중 최강은 아마 사쿠라지마 선배겠네."

본심을 털어놓은 것이 부끄러운 건지, 토모에는 농담 투로 그렇게 말했다. 그러자 분위기가 약간 완화됐다.

"뭐, 나의 마이 씨니까 당연하지."

"그렇겠죠~."

말 뿐인 그 동의는 건성으로 하는 것처럼 들렸다.

"이 정도면 선배가 한 질문의 대답이 됐어?"

토모에는 또 분위기를 바꾸며 그렇게 말했다.

"백점 만점이네. 역시 코가야."

"뭐, 칭찬 받는 느낌이 안 드네."

토모에는 불만을 표시하듯 볼을 부풀렸다.

"칭찬 맞아. 나를 믿어."

어떻게 된 건지 눈빛이 더욱 미심스러워졌다. 뭐, 자기를 믿으라고 말하는 인간의 말은 믿지 않는 편이 좋을지도 모른다.

그런 생각을 하고 있을 때, 토모에의 뒤편에서 장난기 어린 목소리가 들렸다.

"토모에 선배!"

그리고 누군가가 토모에를 뒤편에서 와락 끌어안았다.

"꺄앗!"

토모에는 무심코 비명을 질렀다.

귀가 도중인 회사원과 학생들의 시선이 일제히 토모에 쪽을 향했다. 토모에를 끌어안은 건, 미네가하라 고등학교의 교복을 입은 여학생이었다. 토모에보다 키가 약간 크고, 어깨 언저리까지 기른 머리카락은 안쪽으로 살짝 말려 있었다.

여고생이 여고생을 포옹하는 광경을 계속 쳐다볼 용기는 없는 건지, 길을 가던 사람들은 아무 일도 없었다는 듯이 다시 고개를 돌렸다.

사쿠타만이 계속 쳐다보고 있었다.

"히메지 양……?"

뒤를 돌아본 토모에는 자신을 끌어안은 여고생의 이름을 입에 담았다.

그제야 그녀는 토모에에게서 떨어졌다.

"학원 수업 듣고 돌아가는 길이에요. 토모에 선배는 아르바이트했나요?"

토모에가 「히메지 양」이라고 부른 그녀는 사쿠타가 아는 사람이었다. 켄토가 짝사랑하는 미네가하라 고등학교 1학년, 히메지 사라란 여학생이다.

"응. 아르바이트를 마치고 돌아가는 길이야."

토모에의 대답을 들은 사라의 눈길이 옆으로 향했다. 그곳에는 사쿠타가 있었다.

"아, 이 애는 1학년인……."

그 눈길을 눈치챈 토모에가 사쿠타에게 그녀를 소개하기 위해 입을 열었다.

"히메지 사라예요."

바로 그때, 사라가 갑자기 입을 열었다.

"안녕."

이미 상대방의 이름을 알고 있지만, 지금은 모르는 척을 하는 편이 나을 것이다. 사라를 어떻게 아는지 질문이라도 받는다면 성가실 것이다. 학원 강사와 학생의 연애 미수 느낌의 상황으로 알게 됐으니까 말이다. 게다가 켄토의 마음을 생각하면, 그에게서 이름을 들었다고 말하는 것도 좀 그랬다.

"그리고, 이 사람은……."

토모에가 이번에는 사라에게 사쿠타를 소개하려 하자…….

"아즈사가와 선생님, 맞죠?"

사라가 말을 끊으며 그렇게 말했다.

"아, 맞아. 히메지 양이 다니는 학원은 선배의……."

사라가 입에 담은 「선생님」이라는 말을 듣고, 토모에는 상황을 전부 파악한 것 같았다.

"내 담당 학생도 아닌데, 용케 아네."

사쿠타 같은 아르바이트 강사를 포함하면, 학원에 속한 선생의 숫자는 상당하다. 일부러 그들 전원의 이름을 외우지는 않을 것이다. 아무런 의미가 없는 짓이니 말이다.

"저는 지금 새로운 수학 선생님을 구하고 있거든요."

그런 이유라면 사쿠타도 납득이 됐다. 애초에 사라의 이름을 알게 된 계기와 그녀가 수학 선생님을 구하는 이유가 동일했던 것이다.

"저랑 같은 반인 야마다 군을 알죠?"

"그래. 내가 담당하는 학생이거든."

"아즈사가와 선생님이 잘 가르친다는 말을 들어서, 다음에 선생님 수업을 한 번 들어볼 생각이었어요."

사라는 장난기가 약간 섞인 어조로 그렇게 말하며 미소 지었다. 기본적으로는 성실한 편이지만, 농담을 할 때도 있는 성격 같았다.

"야마다 군이 그렇게 생각하고 있다는 게 의외네."

켄토는 사라가 사쿠타의 학생이 된다면, 같이 수업을 들을 수 있을 것이다…… 하고 생각한 것이 아닐까. 아마 그럴 것이다. 나쁜 꿍꿍이를 꾸몄다기보다, 순진한 행동에 가까우리라…….

"다음에 선생님을 지명해도 될까요?"

사라는 사쿠타를 똑바로 쳐다보았다. 눈동자를 쳐다보고 있다. 아까부터 계속 그랬다. 남과 이야기할 때는 눈을 보고 이야기하라는 어릴 적 가르침을 충실히 지키고 있는 것이다.

"수학을 제대로 이해하고 싶다면 후타바 선생님을 추천할게. 물리가 메인이지만, 수학도 가르치거든. 시험에서 좋은 점수를 받고 싶을 뿐이라면, 나도 괜찮지만 말이야."

사쿠타가 그런 조언을 해주자, 사라는 웃음을 흘렸다.

"아즈사가와 선생님은 재미있는 사람이네요."

사라는 토모에에게 동의를 구하듯 그렇게 말했다.

"재미있다기보다, 선배는 괴짜야."

토모에는 자신의 여과 없는 생각을 입에 담았다.

"코가, 영업 방해 하지 말아줄래?"

"방금은 영업 안 했잖아."

토모에가 지지 않겠다는 듯이 딱 잘라 반론했다. 사쿠타로서는 나름대로 영업을 한 것이었다. 대부분의 학생은 수학을 이해하기보다, 수학 시험에서 좋은 점수를 받으면 된다고 생각하니까…… 적어도 사쿠타는 그렇게 생각했다.

사라는 그런 사쿠타와 토모에를 아무 말 없이 번갈아 쳐다보았다.

"죄송해요. 제가 방해했나 보네요. 이만 돌아갈게요."

그리고 일방적으로 말했다.

"뭐? 아, 잠깐만……!"

토모에가 사라를 향해 그렇게 외쳤지만, 그녀는 종종걸음으로 가버렸다.

"그런 사이 이냐!"

토모에의 필사적인 변명도 사라에게 닿지 않았다. 그녀는 그대로 인파에 묻히듯 사라졌다.

"기운 내, 토모에 선배."

사쿠타가 그렇게 말하자, 토모에가 그를 노려보았다.

"학원에서 히메지 양을 만나면 오해를 풀어 주세요, 아즈 사가와 선생님."

"그때까지 기억하고 있다면 말이야."

"꼭 기억하란 말이야."

"그건 그렇고, 저 애는 토모에 선배를 꽤 따르나 보네."

"올해 같이 체육제 실행위원을 했거든. 그래서……."

"흐음."

"아즈사가와 선생님, 왜 그러시죠?"

"아, 코가는 저 애를 좀 거북하게 여기는 것 같아서 말이야."

실제로 사라는 「토모에 선배」라고 부르는데 반해, 토모에 는 「히메지 양」이라고 불렀다. 친구인 요네야마 나나는 「나 나」라고 이름으로 편하게 부르는데…….

"거북하다기보다…… 나는 고등학교 데뷔를 했잖아."

토모에는 자신 없는 목소리로 그렇게 말했다.

"뭐, 저 애는 중학교 때부터 인기가 좋았을 것 같긴 하네."

어쩌면 그 이전부터일지도 모른다. 초등학교 때부터 반에 서 중심적 존재……였던 것 같은 분위기가 사라에게서 느껴 졌다.

"저는 중학생 때까지는 호박이었다고요~."

토모에는 퉁명한 목소리로 그렇게 말한 후, 걸음을 옮겼다. 어느새 길거리 공연을 하던 남성도 기타를 케이스에 넣으며 돌아갈 채비를 하고 있었다.

사쿠타는 그 모습을 바라본 후, 토모에를 쫓아갔다.

"선배는 제대로 선생 역할을 하고 있나 보네."

"작년 한 해 동안 죽자 살자 공부만 했거든."

"아르바이트 도중의 쉬는 시간에도 공부를 했잖아."

"그러고 보니 코가는 진로를 결정했어?"

일전에 도쿄에 있는 여대의 추천 자리가 남아서, 그것을 받을 수 있을지도 모른다는 말을 들었다.

"지정 고등학교 추천을 받아서, 지난주에 원서를 넣었어."

"그렇구나. 축하해."

"아직 합격한 건 아니거든?"

"지정 고등학교 추천이니까, 붙은 거나 다름없잖아."

"그건 그렇지만, 만약의 경우가 벌어질지도 모르잖아."

"발표는 11월 하순에 하지?"

"선배, 잘 아네."

학원 강사 아르바이트를 하기 때문이다. 사쿠타가 맡은 학생 중에는 수험생이 없지만, 주위에서 그런 이야기만 하고 있기 때문에 자연스레 기억하게 됐다.

"선배의 합격 선물, 기대하고 있을게."

"뭘 받고 싶은데?"

"뭐? 줄 거야? 그럼 이거 받고 싶어."

"뭐 말이야?"

"요즘 즛키가 광고하는 이어폰 말이야."

마침 두 사람은 역 북쪽 출입구에 있는 가전제품 양판점 앞에 있었다. 토모에는 그 가게의 입구를 쳐다보았다. 여기서 사라는 걸까. 이 근처에서 전자제품을 살 만한 곳이라면 여기뿐이지만……. 사쿠타의 집에 있는 가전제품은 대부분 이 가게에서 산 것이다.

"그 이어폰, 비싸지 않아?"

최신형 와이어리스 이어폰이니까 말이다.

"2만 엔은 할 걸?"

"생각했던 것보다 더 비싸네……."

"이제까지의 위자료도 포함되어 있거든."

"위자료? 무슨 소리야?"

"선배가 나한테 했던 성희롱에 대한 위자료야."

듣고 보니 여러모로 문제가 될 만한 발언이었다.

"뭐, 그 정도로 무마할 수 있다면 싸게 치이는 거겠지."

"더 비싼 걸 사달라고 할까~."

"즛키의 이어폰으로 봐주세요."

"뭐? 진짜로 사주려는 거야?"

토모에가 농담을 했다는 것은 알고 있다.

"너는 카에데를 챙겨주고 있잖아."

지금은 카에데도 패밀리 레스토랑의 접객 아르바이트에

익숙해졌지만, 당초에는 사쿠타가 없으면 제대로 일을 하지도 못하는 상황이었다. 하지만 사쿠타가 항상 같이 일을 할 수도 없었기에, 사쿠타가 없을 때는 토모에가 가능한 한 카에데와 같이 일을 하도록 시간을 맞춰줬다. 덕분에 카에데는 토모에도 많이 따른다.

"그러고 보니 코가도 줏키를 아는 구나."

"카에데가 가르쳐줬어. 라이브 갔던 이야기 같은 것도 해주거든. 하지만 요즘에는 학교에서도 그 이름을 듣는다니깐."

"흐음."

이런 이야기를 들으니, 우즈키가 화제가 되고 있다는 것을 실감할 수 있었다.

"선배는 같은 대학이지?"

그 목소리는 약간 의미심장했다.

"학부도 같고, 일단 나를 친구라고 여기긴 해."

사쿠타 또한 같은 심정이다.

"선배가 알고 지내는 여자는 하나같이 귀여운 것 같아."

뭔가 마음에 들지 않는다는 말투다.

"코가도 포함해서 말이야."

"그런 의미로 한 말이 아니거든?!"

얼마 전에도 비슷한 대화를 나눴던 것 같은 느낌이 들었다. 그때는 미오리였나. 아마 그럴 것이다.

"나, 갈래."

토모에는 삐친 표정으로 입체 보행로의 계단을 뛰어 내려 갔다.

"중간까지 바래다줄게."

어차피 이 다리를 내려갈 때까지는 같은 방향인 것이다.

그 후로 한동안 불평을 늘어놓고 나서 「대학 생활은 즐거워?」, 「어떤 게 즐거워?」, 「친구는 금방 생겼어?」 같은 질문 공세를 펼치는 토모에를 배웅해준 후, 사쿠타는 집으로 돌아갔다.

2

다음날, 사쿠타가 대학에 가기 위해 집을 나서보니, 맨션 앞에 노도카가 있었다. 모자를 썼으며, 고개를 약간 숙인 채 입구의 벽에 등을 맡기며 서 있었다. 엘리베이터로 내려온 사쿠타를 보더니 「이제야 왔네」 하고 말하는 듯한 표정을 지었다.

우연히 마주친 듯한 분위기가 아니었다. 명백하게 사쿠타를 기다린 눈치였다.

"마이 씨는?"

사쿠타는 노도카에게 다가가며 물었다.

"어제 촬영이 늦어져서, 도쿄에 있는 호텔에 묵었다가 대학으로 바로 간대."

노도카는 묘하게 낮은 텐션으로 대답했다.

"알아. 어젯밤에 통화했거든."

용건은 이번 주 토요일의 일정 확인이었다. 마이는 운 좋게 그 날 하루가 완전히 비었다며 「같이 외출하자」고 사쿠타에게 말했다. 하지만 사쿠타는 오전부터 오후 세 시까지 패밀리 레스토랑에서 아르바이트를 해야 했다. 그래서 아르바이트가 끝나는 시간에 후지사와 역 주변에서 만나기로 했다. 그리고 마이가 보고 싶은 영화가 있다고 했기에, 바로 옆 역이자 영화관이 있는 츠지도에 갈 예정이다.

"알고 있으면 묻지 마."

이번에도 노도카의 대답은 차갑……다기 보다, 단순히 기운이 없었다.

현재 시각은 아홉 시 경이다. 열 시에 시작되는 2교시에 맞춰 집을 나섰다.

노도카의 용건이 뭔지는 모르지만, 전철을 놓치기라도 하면 곤란하기에 사쿠타는 일단 걸음을 옮겼다. 노도카 또한 그런 사쿠타를 쫓아왔다.

두 사람은 걸어서 10분 거리에 있는 후지사와 역으로 향했다. 사회인과 중고등학생의 통근 시각이 약간 지났기 때문인지, 길을 가는 사람이 적었다. 덕분에 걷기 편했다.

맨션을 벗어나 조금 더 걷자, 옛날에 어느 여고생과 서로의 엉덩이를 걷어찬 추억이 어려 있는 공원이 보였다. 그 공원 앞을 지난 후, 완만한 언덕길을 내려갔다.

노도카는 한동안 아무 말 없이 걸음을 옮겼지만, 그 언덕길의 중턱에서 느닷없이 입을 열었다.

"사쿠타한테 부탁이 있어."

"마이 씨라면 나한테 맡겨. 둘이서 행복한 가정을 만들게."

"그런 부탁 할 생각 없거든?"

이번에도 텐션이 낮은 상태에서 불만을 입에 담았다.

"그럼 뭔데? 즛키에 관한 거야?"

"……."

사쿠타가 단도직입적으로 그렇게 말하자, 노도카는 한순간 말문이 막혔다. 하지만, 곧 조용한 목소리로 말했다.

"응. 우즈키에 관한 거야."

"어제 댄스 리허설이 있었어."

그것은 스위트 불릿의……이란 의미다.

"그래서?"

"다른 멤버는 일 때문에 참가 못해서, 나와 우즈키뿐이었는데……."

거기까지 말한 노도카는 뭔가가 생각난 것처럼 말을 멈췄다.

"참, 다음 주 토요일과 일요일에 이틀 연속으로 라이브를 한다고 내가 전에 사쿠타한테 말했나?"

"카에데한테 들었어."

토요일은 아이돌이 모이는 합동 라이브이며, 일요일은 핫케이지마라는 섬에서 개최되는 야외 음악 이벤트라고 한다.

카에데는 둘 다 보러 갈 예정이었지만, 토요일은 친구인 카노 코토미가 시간이 안 되어서 단념했다. 일요일 이벤트는 코토미와 함께 갈 거라면서 벌써부터 고대하고 있다.

"매번 하는 말이지만, 미리 말해주면 초대 티켓을 줬을 건데 말이야."

"카에데는 줏키의 팬이라서, 일부러 말을 안 하는 거야."

"그 말 듣고 마음에 상처 입었거든?"

그렇게 말한 노도카는 눈빛으로 사쿠타를 비난했다.

"그런데, 그 리허설에서 무슨 일 있었던 거야?"

사쿠타는 개의치 않으며 본론에 들어갔다. 노도카는 불만이 있는 것 같지만, 이야기를 이어갔다.

"드물다기보다 아예 처음 있는 일인데…… 우즈키가 댄스 선생님에게 엄청 혼났어."

"왜?"

"리허설에 집중을 못하는 것 같다고나 할까, 얼이 나간 것 같았어……."

"그래서?"

"신경이 쓰여서 「우즈키, 괜찮아?」 하고 내가 물어봤어."

"그랬더니?"

"「괜찮아. 혼나버렸네. 미안해」 하면서 억지로 미소를 지으며 얼버무리더라니깐."

노도카는 담담한 어조로 그렇게 말했지만, 그 점이 사태의 중차대함을 이야기하고 있었다.

"그래……. 심각하네."

"그렇지? 예전의 우즈키라면 뭐든 다 이야기해줬는데……."

혼잣말을 하듯 그렇게 중얼거린 노도카의 얼굴은 왠지 쓸쓸해 보였다.

"그래서 토요하마도 낙심한 거구나."

노도카는 맨션 앞에서 만났을 때부터 텐션이 낮았다. 그 이유가 바로 이것이다.

"요즘 들어 우즈키가 무슨 생각을 하는지 모르겠어."

"전에는 알았던 거야?"

그것도 나름 대단한 재능이다.

"……전에도 몰랐지만, 내 말은 그런 뜻이 아니라……."

"알아."

예전에는 특이하고 예측 불능인 언동 때문에 알 수가 없었다.

하지만 지금은 우즈키가 본인의 의지로 감정을 감추고 있어서 알 수가 없었다. 똑같은 『모른다』지만, 그 의미는 상당히 달랐다. 정반대라고 해도 과언이 아닐 만큼 다르다.

"인터넷에서는 우즈키가 스위트 불릿을 졸업할 거라는 소문도 돌아."

"그래?"

그것은 처음 들었다.

횡단보도 신호에 걸려 멈춰선 노도카는 가방에서 스마트폰을 꺼냈다. 그리고 손가락으로 스마트폰을 조작하더니, 화면을 사쿠타에게 보여줬다.

표시된 것은 아이돌 정보 정리 사이트다.

정보 소스는 밝혀져 있지 않지만『히로카와 우즈키, 졸업 임박?!』,『즛키, 솔로 데뷔 확정!』같은 기사가 올라와 있었다.

"그 광고의 영향으로 사무소도 정신이 없고…… 치프 매니저에게 물어봐도 지금은 다음 라이브에만 집중하래."

"밝힐 수 없는 비밀이 있다고 실토하는 거나 다름없네."

"그렇지?"

"그래서 히로카와 양이 리허설 때 전혀 집중을 하지 못한 거구나."

마음이 여기에 없는 것 같았으리라. 그렇다면 그 마음은 대체 어디에 가 있는 것일까. 졸업일까, 솔로 데뷔일까, 아니면 다른 장소인 걸까.

신호등의 빨간불을 지그시 쳐다보고 있는 노도카의 눈빛은 진지했다. 우즈키의 거취에 관련된 무슨 일이 있었다고 생각하는 표정이다……. 눈동자 깊은 곳에 쓸쓸함이 어려 있는 건, 우즈키가 아무 말도 해주지 않기 때문이리라.

소문의 진상이 무엇이든 간에, 우즈키가 직접 이야기를 해준다면 노도카는 아마 납득할 것이다. 우즈키를 응원해주자는 마음도 들 것이다. 그런 만큼, 우즈키가 자신을 향해 억지 미소를…… 더는 아무 말도 할 수 없는 분위기를 만들자, 노도카는 이러지도 저러지도 못하게 되고 말았다.

"그래서, 나한테 뭘 부탁하고 싶은 건데?"

"우즈키가 곤경에 처했다면, 도와줬으면 해."

노도카는 전혀 부끄러워하지 않으며, 자신의 솔직한 마음을 입에 담았다.

"그거면 되는 거야?"

"무슨 생각인지 알아내달라는 부탁 같은 걸 할 생각은 없거든?"

"그 말은 알아내달라는 의미야?"

"절대 아냐."

노도카는 화난 표정으로 사쿠타를 노려보았다. 그녀의 눈은 괜한 짓을 하지 말라는 말을 하고 있었다. 또 농담을 했다간, 걷어차일 것만 같았다. 알면서 괜히 걷어차일 필요는 없다.

신호등이 파란불로 변하자, 사쿠타는 노도카의 무시무시한 시선에서 도망치듯 걸음을 옮겼다.

"내 말, 듣긴 한 거야?"

"내가 할 수 있는 일이 있다면 하겠어. 하지만 할 수 없는 일은 못하니까, 너무 기대하지는 마."

"응. 부탁해."

어깨에서 힘이 조금 빠진 노도카는 그제야 표정을 풀었다.

후지사와 역까지 걸어간 사쿠타와 노도카는 토카이도 선 전철을 타고 요코하마 역으로 향했다. 상행선은 통근 시간을 약간 벗어났는데도 꽤 혼잡했다.

그래서 두 사람은 전철 안에서 별다른 이야기를 나누지 않았다.

요코하마 역에서 환승한 케이큐 선은 하행선이기에 전철 안은 한산했다.

미사키구치 행 특급 전철은 중간 정거 역을 그냥 지나치며 계속 달렸다.

사쿠타와 노도카는 손잡이를 쥐고 선 채, 다음 달 초에 열릴 축제와 미인대회 등에 대해 이야기를 나누며 시간을 보냈다.

"마이 씨가 다니는 학교의 미인대회에 나가는 건 지옥이겠는걸."

"남자 쪽 콘테스트에는 자기를 추천할 수도 있다니까, 사쿠타도 나가보지 그래?"

"지금보다 더 인기가 좋아지면 곤란하니까 관둘래."

그런 이야기를 나누다보니, 전철은 대학이 있는 카나자와핫케이 역에 도착했다.

문이 열릴 때까지 기다린 후, 사쿠타는 노도카의 뒤를 이어 전철에서 내렸다.

바로 그때, 아는 이의 뒷모습이 시야 구석에 비친 느낌이 들었다.

전철 연결부의 건너편.

한 칸 앞의 차량.

열리지 않은 쪽 문 앞에 서있는 이는 바로 우즈키다.

문의 유리에 그녀의 공허한 얼굴이 비쳤다.

전철의 출발을 알리는 종소리가 플랫폼에 울려퍼졌다.

그것을 신호 삼듯, 사쿠타는 방금 내린 전철에 서둘러 올라탔다.

"사쿠타……?"

눈치를 챈 노도카가 사쿠타를 돌아보았다. 그녀의 눈동자는 경악과 의문으로 가득 차 있었다.

하지만 이유를 전하기도 전에 문이 닫히고 말았다. 사쿠타는 어쩔 수 없이, 한 칸 앞의 차량을 손가락으로 가리켰다.

노도카는 더 영문을 모르겠다는 표정을 지으며 일단 그 차량을 쳐다보았다. 이것으로 노도카 또한 우즈키가 그 차량에 타고 있다는 사실을 눈치챌 것이다. 하지만 노도카가 제대로 눈치를 챘는지 확인하기도 전에, 전철은 그녀를 플랫폼에 내버려둔 채 달리기 시작했다.

이럴 때 스마트폰이 있다면 편리하겠지만, 공교롭게도 사쿠타는 없다.

결국 연락을 포기한 사쿠타는 빈자리에 앉았다.

사쿠타는 문 위편의 노선도를 확인했다. 특급 전철이 정차하는 건 옷파마 역, 시오이리 역, 그리고 요코스카 중앙역이다. 그 다음에는 호리노우치 역에 정차한 후, 쿠리하마선 안으로 들어갔다. 거기서부터는 종점까지 모든 역에 정차한다.

대체 우즈키는 어디까지 가려는 걸까.

지금도 전철의 문에 기대선 채 밖의 풍경을 멍하니 보고 있는 우즈키에게서는 전철에서 내리는 것을 깜빡한 분위기는 감돌지 않았다.

결국 우즈키는 도중의 정차 역에서 내리지 않았다.

카나자와 핫케이 역을 출발하고 약 30분이 흘렀을 즈음, 전철인 종점인 미사키구치 역에 도착했다.

사쿠타는 우즈키에게 말을 걸까 생각해봤지만, 그녀가 뭘 하려는 건지 확인하고 싶어서 그냥 내버려뒀다.

문이 열리자, 몇 안 되는 승객들이 차례차례 전철에서 내렸다. 사쿠타의 맞은편에 앉아 있던 남성은 전철의 선반에서 낚싯대 케이스를 내리더니, 아이스박스를 어깨에 걸치며 「좋아」 하고 각오를 다지듯 말했다.

모든 사람들이 전철에서 내렸는데도, 우즈키는 움직이지 않았다.

이대로 전철을 타고, 대학에 가려는 걸까.

그렇게 생각한 순간, 우즈키는 이제야 종점에 도착했다는 것을 눈치챈 것처럼 주위를 둘러보더니…… 일단 전철에서 내렸다.

그 모습을 본 사쿠타 또한 뒤따라 전철에서 내렸다.

우즈키의 등이 5미터 정도 앞에 있었다.

이대로 몰래 쫓아다니는 건 내키지 않았다. 객관적으로 본다면, 여대생 아이돌을 몰래 쫓아다니는 수상한 인간이니까 말이다. 그래서 사쿠타는 말을 걸기로 했다.

"즛키, 오늘은 땡땡이치는 거야?"

우즈키는 흠칫 놀라며 어깨를 부르르 떨었다. 그 후, 우즈키는 미심쩍은 표정으로 뒤를 돌아보았다. 그리고 사쿠타를 보더니, 눈을 껌뻑거렸다. 하지만 사쿠타가 왜 여기에 있는지 물어보지는 않았다. 그녀 나름대로 어떻게 된 상황인지 눈치챈 것일지도 모르며, 어쩌면 그런 건 아무래도 상관없는 걸지도 모른다.

"오늘은 왠지…… 자기 자신을 찾는 여행을 떠나고 싶어졌어."

우즈키는 농담 투로 그렇게 말하더니, 웃음을 흘렸다. 하지만 전혀 농담처럼 들리지 않았다.

"미사키구치에서 찾을 수 있을 것 같아?"

"모르겠어. 여기에는 뭐가 있을까?"

"여기서 유명한 건 역시 참치지."

사쿠타는 그렇게 말하며 역의 간판을 쳐다보았다. 『미사키구치』가 아니라 『미사키마구로[1]』라고 적혀 있을 정도로 참치가 유명했다.

"그럼 배도 고프니까, 참치라도 먹으며 생각해봐야겠네."

현재 시각은 오전 열한 시 경이다. 조금 이르지만 점심때다.

3

미사키구치 역에서 내리고 약 한 시간 반 후…… 어찌된 건지 사쿠타는 우즈키의 엉덩이만 졸졸 쫓아다니고 있었다. 신축성이 뛰어난 스키니 팬츠에 감싸인 탄력적인 엉덩이다. 정확하게는 자전거를 타는 우즈키의 엉덩이를, 사쿠타 또한 자전거를 타면서 쫓고 있는 것이다.

자전거를 탄 지도 30분 이상 지났다.

대체 어쩌다 이렇게 된 것일까.

미사키구치 역의 개찰구를 통과할 때까지만 해도 아무런 문제도 없었다.

역 앞에는 한산한 교차로가 존재했고, 머리 위에는 가을의 푸른 하늘이 펼쳐져 있었다. 커다란 건물이 없어서 평온한 느낌이 감도는 경치였다.

#1 미사키마구로(三崎マグロ) 미사키구치라는 지역명과 그 지역의 특산물인 참치의 일본어인 마구로(マグロ)를 합친 조어.)

조용하고 시간이 차분히 흐르는 듯한 이곳에 있으니, 마치 일상에서 벗어난 듯한 기분이 들었다.

참치 또한 교차로 안쪽에 「참치」라고 적혀 있는 광고용 장대를 발견해서, 바로 먹을 수 있었다.

밤에는 술집으로 영업하고, 낮에는 식사를 메인으로 제공하는 가게였다.

고즈넉한 분위기가 차분한 느낌을 자아내고 있었다.

사쿠타와 우즈키는 그 가게에서 삼색 참치 덮밥을 주문했다. 눈다랑어의 붉은 살, 남방 참다랑어의 대뱃살, 참다랑어의 다진 고기를 얹은 호화로운 덮밥이다. 된장국도 포함된 세트가 겨우 1300엔밖에 안 했다. 역시 미사키 항구 인근의 가게다웠다. 신선할 뿐만 아니라, 가격도 쌌다.

사쿠타로서는 이 덮밥 한 그릇만 먹고 돌아가도 만족할 수 있을 것 같았다. 하지만 유감스럽게도 우즈키가 찾고 있는 『자기 자신』은 삼색 참치 덮밥 안에 있지는 않았던 것 같았다.

계산을 마친 후, 가게를 나섰다.

"이제 어쩔 거야?"

어차피 계획 같은 건 없다. 그렇게 생각한 사쿠타는 우즈키의 대답을 딱히 기대하지 않았지만 우즈키가 힘찬 목소리로 그렇게 외쳤다.

"자전거 빌려 타자!"

"어디서 빌려주는데?"

"개찰구 앞에 있는 관광 안내소야."

사쿠타가 멍하니 하늘을 쳐다보고 있는 사이, 우즈키는 주위를 살펴본 것 같았다.

개찰구 쪽으로 가보니, 「렌탈 사이클」이라 적힌 벽보가 관광안내소의 유리문에 붙어 있었다.

"자기 자신을 찾는 여행은 자전거를 타고 해야 하지 않겠어?"

"빌린 자전거를 타고 그걸 찾으러 가는 사람은 흔치 않을 거라고."

우즈키는 사쿠타의 조언을 무시하더니, 「실례합니다~」하고 말하며 관광안내소 안으로 들어갔다.

친절한 담당자에게 설명을 받고, 대여 수속을 한 후, 추천 코스를 들었다. 미우라 반도 주변의 사이클링용 지도도 받았다.

그리고 자전거를 타기 시작한 후로 약 30분이 흘렀다. 아니, 이미 한 시간 가까이 경과한 것 같았다.

처음에는 차도 꽤 다니고, 민가나 창고 같은 건물이 드문드문 보이는 길을 따라 달렸다. 하지만 지금은 왼쪽을 봐도, 오른쪽을 봐도 밭뿐이다. 앞을 봐도 밭만 쭉 이어져 있었다.

인적이 너무 없었다.

때때로 밭에서 농사를 짓고 있는 사람들이 보일 뿐이었다.

"저건 어떤 식물의 잎일까?"

앞장을 서고 있는 우즈키가 큰 목소리로 사쿠타에게 물었다.

"무야. 미우라 무."

아직 성장 도중이라 파릇파릇한 잎만이 밭을 뒤덮고 있었다. 하지만 유심히 보니, 조그마한 무의 가늘고 하얀 머리 부분이 어렴풋이 보였다.

"오빠 분은 잘 아네."

"초등학교 소풍 때 무 밭을 보러 온 적이 있거든."

그때의 지식을 이런 식으로 선보이게 될 줄은 생각도 못했다.

"그것보다 즛키."

"왜?"

"우리 지금 어디쯤이야?"

"몰라~."

우즈키는 능청스러운 목소리로 그렇게 답했다.

"어디로 향하고 있는 거야?"

"바다~!"

실로 간결한 대답이었다.

"지도는 어떻게 했어?"

"안내소 분이 자전거 운전 중에 딴 짓을 하면 안 된댔어."

"그랬지……."

더는 무슨 말을 해봤자 의미가 없다. 하지만 오늘의 우즈키는 사쿠타가 잘 아는 우즈키 같은 느낌이 들어서, 왠지 묘한 안도감이 느껴졌다.

게다가 미아가 된다는 최악의 사태가 벌어지더라도, 우즈키의 스마트폰에 달린 GPS를 이용하면 무사히 돌아갈 수 있을 것이다. 꽤 오래 자전거를 타서 체력이 걱정됐지만, 빌린 자전거는 전동 어시스트가 달려 있어서 오르막을 올라가는 것도 그렇게 힘들지는 않았다. 꽤 쾌적했다.

"오빠 분, 기분 좋네!"

무엇보다, 우즈키의 말대로 자전거를 타고 미우라 반도를 여행하니 기분이 좋았다. 바람은 시원하고, 하늘을 맑으며, 공기도 적당히 건조했다.

무 밭에 둘러싸인 길을, 마치 전세라도 낸 것처럼 이렇게 질주하니 상쾌했다.

"화창하네~."

"토요하마가 왜~?#2"

"그 노도카가 아냐~."

우즈키는 자전거 페달을 저으면서 즐거운 듯이 웃었다. 그 웃음을 가을바람이 사쿠타에게 전해줬다.

"그러고 보니 말이야~."

"응~?"

"즛키는 왜 우리 학부에 들어온 거야?"

그것은 전부터 묻고 싶었던 질문이다. 하지만 지금까지 물

#2 토요하마가 왜~ 일본어로 화창하다가 '노도카'인 점을 이용한 언어유희.

어볼 기회가 없었던 의문이다.

　다른 선택지도 있었을 것이다. 노도카가 들어간 국제교양학부가 낫지 않았을까. 미오리가 속한 국제상학부에 들어갈 가능성은 없었던 걸까.

　"오빠 분은 왜 통계과학부를 선택한 거야~?"

　우즈키는 같은 질문으로 답했다.

　"가장 경쟁률이 낮을 것 같았거든."

　"그럼 나도 그런 걸로 할래~."

　"뭐?"

　"오빠 분이 거짓말을 했으니까, 나도 안 가르쳐 줄 거야~."

　우즈키는 즐거운 듯이 웃었다. 텐션과 분위기는 예전의 우즈키와 같지만, 역시 분위기를 살피고 있었다. 상대방의 심정, 그리고 발언의 이면에 숨겨져 있는 의미를 정확하게 파악했다.

　"딱히 거짓말은 아냐."

　"하지만 진짜도 아니잖아?"

　"……."

　사쿠타는 대꾸할 말이 없었다. 우즈키의 말이 맞기 때문이다.

　"아, 바다다!"

　우즈키는 「저기 좀 봐!」 하고 말하며 고개를 돌렸다. 핸들에서 한 손을 떼더니 「앞이야, 앞!」 하고 말하며 손가락으로 가리켰다.

"위험하니까 앞을 봐."

사쿠타가 그렇게 대꾸하자, 우즈키는 자전거의 속도를 줄이면서 천천히 세웠다.

그곳은 경사가 완만한 언덕길의 꼭대기였다.

사쿠타도 나란히 자전거를 세웠다. 그리고 받침대를 펼치며 일단 내렸다.

"잠시 쉬자~."

우즈키는 「으~」 하고 신음을 흘리며 기지개를 켰다. 등을 꼿꼿이 세운 채 자전거를 타서 그런지 몸이 굳었다. 그런 몸을 풀어주려는 듯이, 우즈키는 능숙하게 스트레칭을 하기 시작했다. 무릎에 이마가 닿을 정도로 몸을 굽혔다. 그리고 몸을 비틀면서 뒤편으로 젖히더니, 무릎을 풀어준 후에 Y자 밸런스까지 선보였다.

스키니 팬츠 차림이라 몸매가 확연히 드러났지만, 건강미 넘치는 바디라인이라 음란하다는 느낌이 들지 않았다. 주위의 환경 또한, 그렇고 그런 망상에 적합하지 않았다.

스트레칭을 하는 여대생 아이돌과, 푸른 하늘과 바다와 무 밭.

그런 불가사의한 조합을 보면서, 사쿠타는 이곳에 오는 도중에 자판기에서 산 페트병 차로 목을 축였다. 마이가 광고를 맡은 상품을 찾아봤지만, 자판기에 없었기에 어쩔 수

없이 이 차를 골랐다.

"오빠 분, 나도 한 모금 줘."

"간접 키스인데, 괜찮아?"

사쿠타가 페트병을 내밀자, 우즈키는 내밀었던 손을 내렸다.

"그냥 내걸 마실래."

우즈키는 아까 자판기에서 산 페트병 안의 물을 벌컥벌컥 들이켰다.

사쿠타가 그런 우즈키는 넌지시 쳐다보고 있을 때였다.

"노도카한테 무슨 말 들었어?"

우즈키는 사쿠타와 시선을 맞추지 않은 채, 질문을 던졌다.

"응~?"

사쿠타가 시치미를 떼자, 우즈키는 작게 웃었다. 사쿠타의 대답이 자신의 예상대로이기 때문이리라. 그런 우즈키의 눈은 무 밭의 한가운데를 가로지르는 길의 끝…… 머나먼 하늘 아래에 펼쳐진 바다를 향하고 있었다.

바람이 불었다.

무의 잎사귀가 희미하게 춤췄다.

옅은 구름이, 하늘에 흐르고 있었다.

어렴풋한 소리만이 존재하는 시간이, 천천히 흘렀다.

"오빠 분은 말이야."

"응?"

사쿠타는 페트병에 입을 대며 짤막하게 대답했다.

"아이돌은 몇 살까지 할 수 있을 거라고 생각해?"

"즛키는 평생 아이돌로 먹고 살 거잖아?"

사쿠타는 페트병에 뚜껑을 씌웠다.

"그러고 보니 내가 전에 그렇게 말했지."

"지금은 달라?"

"모르겠어."

그렇게 말하며 가볍게 웃은 우즈키는 지금도 바다를 응시하고 있었다.

"왜 갑자기 그런 걸 묻는 거야?"

"어제 대학 친구가 나한테 물었어."

"뭐라고?"

"「언제까지 아이돌 같은 걸 할 거야?」하고 말이야."

"그래서 그런 생각을 하게 된 거야?"

"아냐. 나, 딴 생각을 했어."

"어떤 생각을 했는데?"

"애인과 싸웠다고 나한테 화풀이 좀 하지 마~."

"참 신랄하네."

너무 신랄해서 웃음이 났다. 예전의 우즈키였다면 절대 하지 않았을 말이다. 타인의 그런 감정을 눈치채지도 못했을 테니까 말이다.

"다들 말은 안 하지만 그런 생각을 하고 있을 거야."

아이돌 같은 걸 하고 있다.

"다들, 뭔가가 하고 싶은 거야."

사쿠타도 바다를 쳐다보며, 혼잣말을 하듯 중얼거렸다.

"뭘 말이야?"

"『이게 바로 나다』 하고 남에게 자랑할 수 있는 무언가."

"……."

"히로카와 양에게 있어서의, 노래와 아이돌에 필적하는 무언가."

그리고, 남들이 동경하게 하는 무언가.

남에게 자랑할 수 있는 무언가.

다들, 그런 무언가가 되고 싶어 한다.

"……."

우즈키는 아무 말도 하지 않았다. 바다를 바라보며, 사쿠타의 말에 귀만 기울이고 있었다.

"하지만 지금은 그 『무언가』가 되지 못했으니까, 텔레비전에 나와서 아이돌을 하고 있는…… 그런 히로카와 양이 눈부셔 보이는 거야."

그리고 그것을 솔직하게 인정할 여유도, 강한 마음도 지니지 못했기에 「언제까지 아이돌 같은 걸 할 거야?」 같은 말로 변환해 그 짜증을 토해내는 것이다. 불쾌한 말을 입에 담는 것이다. 그 모든 것은, 아직 무언가가 되지 못한 자신을 지키기 위한 것이다.

누구나 가지고 있는 방어 본능에 지나지 않는다.

"뭐~, 그래도 그 친구가 한 말이 틀리지는 않아."

우즈키는 사쿠타가 한 말의 요점을 돌리려는 듯이 그렇게 말하더니, 아무도 없는 곳을 향해 미소 지었다.

"평생 아이돌을 하는 건 무리잖아."

"흐음."

"흐음, 은 좀 아니지 않아? 보통 이럴 때는 「그렇지 않아」 하고 말하며 격려해줄 타이밍이잖아."

"격려 받고 싶어?"

"지금 그런 말을 들으면 기분 나쁠 것 같아."

"그럼 말할 걸 그랬는걸."

"어째서야?"

"그러면 마음이 흐트러진 즛키가 본심을 털어놓을지도 모르거든."

친구가 우즈키에게 화풀이를 한 것처럼…….

"……오빠 분은 꽤 심술궂네."

"그렇지도 않아."

"심술궂은 척 하는 게 너무 능숙해서, 무심코 괜한 소리를 할 것만 같아."

"예를 들자면?"

"으음…… 무도관은 멀다, 같은 소리?"

누군가에게 말하는 것도, 자신이 한 말도 아닌 듯한…… 우즈키의 목소리는 바람을 타고 흘러갔다. 하지만 그렇기 때문에 우즈키의 본심이 그 말 안에 담겨 있다는 생각이 들었다.

이런 식으로만 겨우 입 밖으로 내뱉은 우즈키의 말에는 말로 형용할 수 없는 안타까움이 어려 있었으니까……

그 정체를 눈치챈 사쿠타는 이해했다. 왜 우즈키가 이제 와서 『자기 자신』을 찾아야만 하게 됐는지를…….

아마, 우즈키는 무리라고 생각하고 있다.

그 장소에 가는 것이.

그 장소에 도달하는 것이…….

함께 노력해온 동료와, 꿈의 장소에 가는 것이 말이다.

불가능하다고 생각하는 것이다. 그것을 눈치채고 말았다.

그래서 무언가를 찾으러 왔다. 그 사실로부터 눈을 돌리기 위해…….

"즛키, 스마트폰 좀 줘봐."

"왜?"

우즈키는 의아해 하면서도 「자」 하고 말하며 스마트폰을 사쿠타에게 건넸다.

우선 전철 환승 정보 어플리케이션을 켰다. 사쿠타가 어디를 찾아보려고 하는 건지는 말할 필요도 없을 것이다.

"의외로 가깝네. 미사키구치 역에서 전철로 두 시간도 걸리지 않는데."

"어디까지?"

"그야 물론 무도관이지."

"……."

우즈키의 몸이 거부 반응을 보이듯이 경직됐다.

하지만 그것은 한순간에 불과했다.

우즈키는 난처한 듯이 웃더니…….

"……역시 오빠 분은 심술궂어."

……하고 말했다.

그런 우즈키에게 스마트폰을 돌려준 사쿠타는 자전거에 올라탔다. 그리고 핸들을 쥐더니, 준비 완료라는 사실을 우즈키에게 어필했다.

"사이클링은 즐거웠지만, 여기에는 즛키의 자기 자신이 떨어져 있지 않아."

"그래~?"

우즈키는 납득하지 못한 듯한 목소리로 그렇게 말했다. 하지만 그녀는 자전거에 올라탔다.

"하지만 오빠 분."

"응?"

"우선 여기서 역까지 돌아가야 해."

현재 위치가 어디인지 모르는 사쿠타와 우즈키에게는 그것이 가장 큰 문제였다.

"의외로 머네……."

무도관에 가자.

그렇게 결정한 후로 세 시간 넘게 여행을 한 사쿠타는 후회가 어린 목소리로 그렇게 중얼거렸다. 장거리 이동 탓에 몸 곳곳이 아팠다. 비명을 지르고 있었다. 원인은 역시 자전거 이동이다. 미사키구치 역까지 돌아오는데, 예상보다 더 시간과 체력을 소모한 것이다.

"그래서 내가 멀다고 한 거야."

옆에 있는 우즈키가 쓴웃음을 지었다. 평소 격렬한 댄스 레슨을 해왔던 우즈키는 딱히 지친 기색이 없었다.

가로등 불빛에 비친 우즈키의 얼굴에는 여전히 기운이 넘쳤다.

가을이 깊어가고 있는 이 계절에는 오후 여섯 시만 되어도 하늘이 어두컴컴해진다.

가로등의 어렴풋한 불빛 속에서, 일본 무도관이 존재감을 과시하고 있었다.

입구 정면은 탁 트여 있었으며, 바람이 불자 단풍이 들기 시작한 나뭇잎이 흔들렸다.

불가사의하게도 주변의 공기가 맑은 것처럼 느껴졌다.

신사의 경내에 발을 들였을 때와 느낌이 흡사했다. 조용하면서도 긴장한 분위기가 이 공간에 감돌고 있었다.

오늘은 아무런 행사도 없는 건지, 주위는 정적에 휩싸여 있었다.

부지 안을 지나다니는 사람들은 드문드문 있었지만, 커다란 건물을 올려다보며 의미심장하게 멈춰서 있는 사람은 사쿠타와 우즈키뿐이었다.

"무도관을 보니 어때?"

"……."

우즈키는 두 손을 등 뒤로 모아서 깍지를 끼더니, 꿈의 장소를 올려다보았다. 아무 말 없이, 눈만 깜빡이고 있었다. 사쿠타는 우즈키의 얼굴을 보면서도, 그녀가 무슨 생각을 하는지 알 수 없었다. 그래서 사쿠타는 우즈키가 입을 열 때까지 조용히 기다렸다.

"오빠 분."

"응?"

"1년에 몇 팀의 아이돌 그룹이 이 무대에 서는지 알아?"

"글쎄."

그런 것은 알지 못하며, 알아볼 생각도 한 적이 없다. 그저 많은 아이돌과 아티스트가 무도관 공연을 목표로 삼고 있다는 것만 알았다. 명칭으로도 알 수 있다시피, 원래 이곳은 콘서트를 개최하는 장소가 아닌 것이다.

"처음으로 이 무대에 서는 건, 많아봤자 다섯 팀 정도야.

한 팀도 없을 때도 있어."

"……그렇구나."

사쿠타는 대답을 하면서도, 그것이 많은 건지 적은 건지…… 실감이 나지 않았다. 그저, 우즈키의 말투를 통해, 극히 일부의 한정된 그룹만이 이 무대에 설 수 있다는 사실만 알 수 있었다.

"현재 일본에는 아이돌이 몇 천 팀이나 있대."

우즈키는 자신과 상관없는 일을 이야기하는 투로 그렇게 말했다.

"그 모든 팀이 진심으로 무도관을 목표로 삼고 있는지는 알 수 없지만……."

수천 팀 중에서 1년에 다섯 팀 밖에 안 된다면, 확실히 적다. 매우 적다.

"즛키네 그룹은 그 중에서 몇 번째 정도야?"

"스위트 불릿은 서른 번째 쯤 될 걸?"

"꽤 높은 곳까지 올라왔잖아."

솔직한 마음으로 그렇게 생각하게 되는 숫자였다.

"한참 멀었어."

하지만 우즈키의 목소리는 여전히 가라앉아 있었다.

"그래?"

진짜로 차례가 돌아올지는 알 수 없지만, 그래도 서른 번째 정도라면 충분히 가능성이 있는 숫자라는 생각이 들었다. 하지만 우즈키의 태도는 그런 생각을 완전히 부정하고 있었다.

"텔레비전에 나오면서 얼굴이 알려진 덕분에, 길거리에서도 말을 거는 사람이 생겼지만⋯⋯ 우리가 손님을 가득 채울 수 있는 건 겨우 2천 명 규모의 행사장이야⋯⋯."

우즈키는 무도관을 올려다보았다.

"여기는 손님이 몇 명이나 들어올 수 있는데?"

"1만 명."

너무 자연스럽게, 당연한 듯이, 우즈키는 그 숫자를 입에 담았다.

1만에서 2천을 빼면, 8천이 된다.

사쿠타는 그 8천 명이라는 차이가 얼마나 거대한 벽인지 알지 못했다. 알고 있는 건, 더 단순한 사실 뿐이다.

"그건 처음부터 알고 있었던 거잖아?"

"⋯⋯응. 처음부터 알고 있었어. 이곳을 목표로 삼을 때부터 알고 있었어. 알고 있었는데, 이제는 모르겠어."

우즈키는 고개를 숙이더니, 3미터 정도 앞의 지면을 쳐다보았다.

"여기는, 진짜로 내가 오고 싶었던 장소인 걸까?"

"⋯⋯."

사쿠타는 대답하지 못했다. 그 답은 우즈키만이 알고 있을 것이며, 또한 그녀가 스스로 찾아야만 하는 답이었다.

"전에는 이런 걸로 고민하지 않았어."

"그럼 분위기를 살피지 못하는 편이 좋았던 거야?"

사쿠타가 느닷없이 그런 질문을 던졌지만, 우즈키는 별다른 반응을 보이지 않았다. 그저 고개를 숙인 채, 고개를 저을 뿐이었다.

이것으로 확실해졌다.

우즈키는 자신의 변화를 자각하고 있는 것이다.

그것이 정확하게 언제부터인지, 몇 월 며칠 몇 시 몇 분부터인지는 사쿠타도 알 수 없다. 하지만 지금 이 시점에서 그것을 분명하게 이해하고 있는 것이다.

"분위기를 살필 수 있게 되어서 잘 됐다고 생각해. 오빠 분의 비꼬는 말을 이해할 수 있게 됐고……."

우즈키는 분위기를 살피더니, 그런 농담을 입에 담았다.

"친구들의 비아냥거림도 이해하게 됐고 말이야."

"오빠 분의 그런 부분이……."

우즈키는 사쿠타를 쳐다보며 「정말 싫어」 하고 말하더니, 웃음을 흘렸다.

"나는 의외로 심술궂은 사람인 것 같으니까 말이야. 기대에 부응해야 하지 않겠어?"

사쿠타가 그렇게 말하자, 우즈키는 쓴웃음을 흘렸다.

"그런 것을 이해하게 되면서, 대학 친구들이 말하는 「우즈키는 대단해」라는 말의 의미도 이해하게 되니…… 지금까지 많은 사람들에게 들었던, 이런저런 말들이 신경 쓰이게 됐어."

우즈키는 고개를 들더니, 먼 곳을 쳐다보았다. 눈앞에는 무도관이 있지만, 그 너머를 바라보고 있는 것 같았다. 아니, 아무 것도 쳐다보고 있지 않은 걸지도 모른다.

"머릿속에 많은 사람들이 있고, 그 사람들이 이런저런 말을 하는데…… 그 말을 하나하나 신경 쓰다 보니, 무엇이 자기 자신인지 모르게 됐어."

그렇게 말한 우즈키는 자기 자신을 비웃듯 웃음을 흘렸다. 이런 표정 또한 예전의 우즈키는 짓지 않았다.

"……."

사쿠타는 아무 말도 하지 않았다.

"미안해."

우즈키는 표정을 바꾸려 했다.

"얘가 대체 무슨 소리를 하는 거야, 같은 느낌이 들지?"

우즈키는 과장스럽게 웃으면서 방금 자신이 한 말을 얼버무리려 했다.

"이해해."

하지만 사쿠타는 얼버무리게 두지 않았다.

"……."

"무슨 소리를 하는 건지, 이해해."

"정말이야?"

우즈키는 미심쩍은 눈빛으로 쳐다보았다. 그 눈빛에는 약간의 경악이 섞여 있었다.

"타인의 마음을 알면, 자신의 마음도 변하는 법이야."

사쿠타도 경험한 적이 있다.

사랑하는 마이가 울음을 터뜨리자, 마음이 흔들렸다.

『쇼코 씨』의 마음을 알고, 가만히 있을 수가 없었다.

양쪽 다, 사쿠타에게 있어 진심어린 마음이었다고 믿어 의심치 않는다.

생각하고 또 생각한 끝에 내린 결론일지라도, 사소한 계기를 통해 그 결론은 바뀌고 만다.

누군가와 얽히면서, 자기 자신이 변해간다.

누군가와 접하면서, 새로운 자신을 발견한다.

"『자기 자신』 같은 건 의외로 애매모호하거든. 뭐가 자기 자신인지 알 수가 없어."

"그럴지도 몰라……."

요즘 같은 시대에는 타인의 마음이나 기분이 스마트폰을 통해 무차별적으로 전달된다. 알고 싶지 않은 정보가 세상을 가득 채우고 있으며, 무의식적으로 무언가에 영향을 받는 것이다.

알고 싶지 않던 것이라도, 보고 싶지 않던 것이라도, 알게 되고, 보게 된 후에는 이미 돌이킬 수 없다.

이제 그것을 모르던 자신으로 되돌아갈 수 없다.

알아버린 자신이 지금의 자신인 것이다.

그런 자신으로서 살아갈 수밖에 없는 것이다.

갑자기 분위기를 살필 수 있게 된 우즈키에게는 그런 사람의 감정이나 정보가 한꺼번에 대량으로 흘러들어온 것이 아닐까. 지금까지는 눈치채지 않아도 되었던 친구의 빈정거림을 알게 되고, 비아냥거림을 이해했다. 진심과 위선, 겉과 속이라는 것도 알게 됐다. 그런 것을 상황에 따라 나눠서 사용하는 이 세상은 결코 아름다워 보이지 않을 거라는 생각이 들었다.

하지만, 그래도, 우즈키는 분위기를 살필 수 있게 되어서 다행이라고 말했다. 본심과 위선을 적절히 나눠 쓰며…… 웃은 것이다.

"나는 지금 사춘기 증후군에 걸린 걸까?"

우즈키는 사쿠타를 쳐다보며 솔직하게 물었다. 그것은 갑작스러운 질문이었지만, 사쿠타는 망설임 없이 대답했다.

"그럴 거야."

"그럼, 낫는다면 분위기를 살피지 못하게 될까?"

"그럴 거야."

"이제 와서, 그렇게 되는 건 좀 그래."

그렇게 말하는 우즈키의 심정은 이해가 됐다.

'나도, 비웃음을 사고 있었구나.'

그 한 마디에 모든 의미가 담겨 있었다.

아무 것도 모른 채 비웃음을 사고 있던 자신으로 되돌아가고 싶지 않을 것이다. 그래서 그 날 이후로도, 우즈키는 대학에서 친구들과 즐거운 듯이 이야기를 나눴다. 점심을 같이 먹었다. 분위기를 살필 수 있게 된 후로 손에 넣은 보통의 삶을 즐겼다. 하지만 그런 자기 자신에게 의문을 가지게 되면서, 오늘 대학을 땡땡이친 것이다.

"오빠 분은 어떤 내가 좋다고 생각해?"

"양쪽 다 좋다고 생각해."

"어느 쪽이든 좋다는 건 아니네?"

"양쪽 다 좋다고 생각해."

사쿠타는 또 같은 대답을 했다. 「양쪽 다」의 「다」를 약간 강조하면서 말이다.

우즈키는 그 말을 듣고 웃음을 흘렸다.

"개인적으로는 분위기를 살필 수 있는 쪽이 오빠 분과 말이 잘 통해서 즐겁네."

"이제까지 심심하게 했다면 사과할게."

"이렇게 위트 넘치는 대화도 나눌 수 있잖아."

방금 한 말이 사실이라는 듯이, 우즈키는 정말 즐거워 보였다. 사쿠타 또한 이런 대화가 불쾌하지는 않았다. 분위기를 살필 수 있는 우즈키하고만 가능한 이런 대화를, 사쿠타도 즐기고 있었디.

"오빠 분과 이야기를 나누니, 좀 개운해졌어."

우즈키는 기분 좋은 듯이 기지개를 켰다.

실은 전혀 개운하지 않을 텐데도 우즈키는 일부러 존댓말을 쓰며 고개를 꾸벅 숙였다.

"오늘 같이 있어줘서 고맙습니다."

고개를 든 우즈키는 약간 멋쩍은 듯이 빙긋 웃었다.

그건 지금까지 사쿠타가 봤던 것 중에서 가장 아름다운 거짓 웃음이었다.

"……"

이런 모습을 본 이상, 그냥 내버려둘 수는 없다.

"오빠 분? 왜 그래?"

우즈키는 아무 것도 모르는 척, 그렇게 물었다.

오늘 하루 종일 함께 있었는데도, 결국 사쿠타는 우즈키의 본심에 한 걸음도 다가서지 못한 듯한 느낌을 받았다.

우즈키는 오늘, 무엇을 찾으러 미사키구치까지 간 것일까.

무도관까지 와서, 무엇을 찾으려고 한 것일까. 그것을 알 수가 없었다.

우즈키는 진짜로 자기 자신을 찾고 있는 것일까. 그것조차도 알 수 없었다.

하지만 현실도피를 하고 싶은 게 아니라는 것만은, 우즈키가 지금 이 자리에 있는 것만으로 충분히 증명됐다. 평범하게 생각해보자면, 이곳은 우즈키가 가장 오고 싶지 않을 장소일 것이다.

그렇게 생각하고 있을 때, 작은 진동음이 사쿠타의 생각을 방해했다.

우즈키의 스마트폰에서 나는 소리였다.

가방에서 스마트폰을 꺼낸 우즈키가 화면을 쳐다보았다.

"노도카야."

우즈키는 사쿠타의 눈을 보면서 「아차」 하고 말하는 듯한 표정을 지었다. 그 후, 스마트폰을 귀에 대더니 우즈키는 밝은 목소리로 전화를 받았다.

"여보세요~."

"미안해~, 노도카. 리허설 시간이지?"

아무래도 오늘도 주말 라이브에 맞춰 리허설을 하기로 되어 있었던 것 같았다.

"지금? 으음, 도쿄니까, 서둘러 레슨 스튜디오로 갈게."

아무래도 노도카가 현재 위치를 물은 것 같았다. 우즈키는 「무도관」에 와있다는 것은 밝히지 않았다.

"30분 정도 걸릴 것 같아. 응…… 뭐? 아, 응. 있어. 잠시만 기다려."

일련의 대화를 마친 후, 우즈키는 사쿠타에게 스마트폰을 내밀었다.

"응?"

"노도카가 오빠 분을 바꿔 달래."

"……."

사쿠타는 아무 말 없이 스마트폰을 받았다. 불평을 들을 듯한 예감이 들었지만, 사쿠타도 노도카와 통화를 나누고 싶었다. 우즈키와 이야기를 나누다 보니, 노도카에게 부탁할 일이 생긴 것이다.

"토요하마? 물어볼 게 있는데 말이야."

사쿠타는 다짜고짜 자기 용건을 말하려고 했다.

"뭐? 물어볼 게 있는 사람은 바로 나거든?"

"토요일 라이브의 티켓 말인데, 아직 구할 수 있어?"

사쿠타는 노도카의 말을 일단 무시하며 용건을 말했다.

"그 날은 언니와 같이 외출하기로 하지 않았어?"

노도카는 이미 그 이야기를 들은 것 같았다.

"그래서, 라이브 관람 데이트를 하려는 거야."

마이와 아직 상의하지는 않았지만……. 아마 반대하지는 않을 것이다.

"……잠깐만 있어 봐."

노도카는 그렇게 말한 후, 전화 너머에서 잠시 사라졌다. 대화를 나누는 소리가 희미하게 들려오는 것을 보면, 누군가에게 뭔가를 확인하는 것 같았다. 20초 정도 침묵이 이어진 후……

"관계자 초대로 두 자리 확보가능하대."

그런 호의적인 답변이 들렸다.

"그럼 두 자리 부탁할게."

"알았어. 저기…… 우즈키 말인데, 안 좋은 상황인 거야?"

노도카의 목소리가 작아졌다.

"모르겠어."

딱히 라이브 도중에 무슨 일이 벌어질 거라고 생각한 것은 아니다.

본심을 교묘하게 숨기게 된 우즈키의 마음은 도통 알 수가 없었다. 그래서 라이브에 가보자고 생각했다.

"아무튼 부탁해."

"알았어. 그럼 안녕."

노도카는 그렇게 말하며 전화를 끊었다.

스마트폰을 돌려주려고 돌아보니, 우즈키는 밤하늘에 떠 있는 달을 올려다보고 있었다. 거의 보름달에 가까울 정도로 동그란 달이었다.

"달에 토끼는 없네."

우즈키는 불쑥 그렇게 말했다.

"먹을 것도 없고, 공기도 없잖아. 없는 편이 낫지 않아?"

사쿠타가 스마트폰을 내밀자, 「낭만이 없네~」 하고 말한 우즈키는 웃으면서 스마트폰을 넘겨받았다.

제4장

아이돌 노래

1

패밀리 레스토랑 아르바이트를 마친 사쿠타가 가게를 나서니, 하늘이 흐렸다. 이번 주 초에 오가사와라 제도 해상에서 발생한 태풍의 영향일까. 현재는 세력을 유지한 채 북상 중이라고 한다. 하지만 일기예보에 따르면 일본 열도에 접근할 즈음에는 온대 저기압으로 변할 것이며, 관동 지방 남쪽 바다를 다음 주 초에 통과할 예정이다. 이 지역에는 별다른 영향이 없을 거라는 이야기였다.

하지만 전혀 영향이 없는 건 아닌지, 10월 중순인데도 불구하고 습한 바람이 여름의 기적을 머금은 채 불고 있었다.

오늘은 마이와 함께 외출하기로 한 날이지만, 그렇게 고대한 날인데도 불구하고 데이트하기 좋은 날씨와는 영 거리가 멀었다.

현재 시각은 오후 3시 10분이다. 약속 시간은 5분 후인 3시 15분이다.

마이와 만나기로 약속한 장소는 사쿠타가 아르바이트를 하는 패밀리 레스토랑 앞이다. 그래서 가게를 나서자마자 약속 장소에 도착했다.

사쿠타는 마이가 올 역 쪽을 쳐다보면서 패밀리 레스토랑의 입구를 벗어나더니, 도로 쪽에서 기다렸다.

곧 약속한 3시 15분이 된다. 하지만 마이는 나타날 기색조차 없었다. 시간에 엄격한 마이가 지각을 하는 것은 드문 일이다. 아니, 이쪽을 향해 걸어오는 이들 중에는 마이 같아 보이는 인물이 없었다. 이대로는 턱걸이는 고사하고 지각하고 말 것이다.

사과의 의미로 어떤 상을 달라고 할까.

사쿠타가 부푼 기대를 안고 역 쪽을 주시하고 있을 때, 반대쪽 방향에서 달려온 차가 사쿠타의 바로 옆에 딱 정차했다.

"……어?"

마치 사쿠타를 마중이라도 온 것만 같았다. 사쿠타는 의아해 하면서 차를 쳐다보았다.

흰색이며, 창문의 프레임에서 루프까지는 검은색으로 통일된 투톤 컬러 차량이다. 바퀴 쪽과 사이드미러도 검은 색이며, 라이트의 형태가 원형이라 그런지 판다를 연상케 했다.

독일 메이커가 제조하는 콤팩트한 차종이며, 세련된 디자인 때문에 인기가 많은지 시내에서 흔히 볼 수 있다.

트렁크 쪽을 포함하면 다섯 개의 문이 있는 모델이다.

차량의 문이 열리더니, 운전석에서 누군가가 내렸다.

"타."

차를 사이에 두고 반대편에 서서 그렇게 말한 이는 바로 마이였다.

"으음, 마이 씨?"

사쿠타는 이 상황에서 무슨 말을 하면 좋을지 알 수가 없었다.

"빨리 타기나 해."

마이는 사쿠타의 대답을 듣지도 않고 운전석으로 돌아갔다.

물어볼 것이 잔뜩 있지만, 마이가 재촉하기에 사쿠타는 일단 조수석에 탔다. 차 안은 꽤 넓었다.

"탔어요."

"안전벨트."

"맸어요."

"그럼 출발할게."

핸들을 쥔 마이는 후방을 확인했다. 차 한 대가 지나가는 것을 기다린 후에 깜빡이를 커더니, 차분하게 액셀을 밟았다.

차가 조용히 달리기 시작했다. 천천히 가속한 차는 점점 패밀리 레스토랑에서 멀어지더니, 곧 가게의 지붕도 시야에서 사라졌다.

이 길을 따라 쭉 나아간 곳에 있는 사쿠타가 일하는 학원이 있는 빌딩도 순식간에 통과했다. 뒤를 돌아보니, 어느새 보이지 않았다.

사쿠타는 익숙한 손놀림으로 핸들을 쥐고 있는 마이를 곁눈질했다. 도수 없는 안경을 썼으며, 느슨하게 모아 묶은 긴 머리카락을 몸 앞쪽으로 늘어뜨렸다. 언뜻 느러난 목덜미가 요염했다.

"저기~, 마이 씨?"

"왜?"

마이는 앞을 바라보며 대꾸했다.

"이게 뭐예요."

"차, 몰라?"

물론 알고 있다.

"산 거죠?"

사쿠타는 질문이 아니라 확인의 의미를 담아 그렇게 물었다. 마이가 『사쿠라지마 마이』라는 것을 생각해보면, 차 정도는 얼마든지 살 수 있을 것이다. 고등학생 때 맨션도 구입했으니까……. 맨션에 비하면 이 정도는 소소한 쇼핑이 아닐까.

"여름 방학 전에 샀어. 그리고 그 후로 촬영 때문에 집을 비웠으니까, 차량 납기는 미뤘던 거야."

"면허는요?"

"그야 물론 땄지."

면허를 안 땄다면 무면허 운전이다.

후지사와 역을 지나서 빨간색 신호에 걸려 차량을 세운 마이는 가방에서 지갑을 꺼내더니, 「여기」 하며 운전 면허증을 보여줬다.

성명란에는 『사쿠라지마 마이』라고 적혀 있으며, 주소도 후지사와 시로 되어 있다. 진짜 면허증이다. 당연히 본인 확인용 사진도 실려 있었다. 면허증 같은 것에 실리는 증명사진은 퀄리티가 유감스러운 경우가 많지만, 마이는 『사쿠라지마 마이』인 채로 사진에 실려 있어서 깜짝 놀랐다.

그리고 보니 학생증의 사진에서도 마이는 『사쿠라지마 마이』였다. 혹시 요령이라도 있는 걸까. 아니면 소재 자체가 차이나기 때문일까. 아마 양쪽 다일 것 같았기에 물어보지 않았다. 학생증에 실린 사진 속의 자신이 썩은 동태 같은 눈을 하고 있더라도 딱히 문제될 것은 없다. 남들이 보면 하나같이 비웃었지만 말이다. 미소로 가득 찬 세상을 만드는 데 공헌해서 기뻤다.

"그런데, 언제 딴 거예요?"

"작년에 아침 드라마 촬영을 하면서 땄어. 틈틈이 교습소에 다녔거든."

작년 가을부터 봄까지의 기간이다.

"그럴 시간이 있다면, 나와 데이트 해주지 그랬어요."

"수험 공부 때문에 바빴던 건 어디 사는 누구였더라?"

마치 사쿠타가 잘못했다는 듯한 발언이다.

"사쿠타가 신경 써주지 않으니까, 심심풀이 삼아서 면허를 따러 다녔던 거야."

그러면서도 마이는 사쿠타의 가정교사도 되어줬던 것이다. 정말 경악을 금치 못할 일이다.

"하아……"

"왜 한숨을 쉬는 거야?"

"아르바이트 비가 모이면, 나도 교습소에 다닐 생각이었거든요."

"다니면 되잖아."

"몰래 면허를 따서, 마이 씨와 드라이브 데이트를 하고 싶었다고요."

차가 있으면, 국민적 지명도를 자랑하는 마이와 조금이라도 더 시간을 함께 보낼 수 있을 거라고 생각했다. 아무리 마이가 정체를 감추는 것에 능숙하다 해도 요즘에는 사무소 측에서 신경을 쓰는 건지, 그녀는 매니저가 운전하는 차량을 타고 이동하는 경우가 압도적으로 많았다.

"몰래 면허를 따서, 이렇게 드라이브 데이트를 하고 있잖아?"

마이는 장난스럽게 웃었다.

"마이 씨는 나와 데이트가 하고 싶어서 면허를 딴 거예요?"

"그래. 차가 있으면 당당하게 같이 외출할 수 있는걸."

"촬영에 필요해서가 아니라요?"

"그렇기는 해."

"그럴 줄 알았어요."

"불평 그만하고, 내비게이션에 목적지를 입력해."

"어디 가는데요?"

"오다이바. 라이브를 보러 가기로 했잖아?"

사쿠타가 내비게이션에 목적지를 입력하자, 마이는 분위기를 환기시키려는 듯이 스위트 불릿의 노래를 틀었다.

2

 도중에 다른 곳에 들렀다가 라이브 행사장에 향한 마이의 차는 도로 정체에 다소 휘말린 바람에, 해가 기운 오후 다섯 시 이후에나 오다비아 에어리어에 도착했다.

 이곳에 오는 도중에 마이가 「그러고 보니 사쿠타는 히로카와 양과 데이트했다며?」 하고 말했을 때는 간담이 서늘해졌지만, 밀실인 차 안에서 마이와 단둘이 보내는 시간은 신선할 뿐만 아니라 순수하게 즐거웠다.

 "미사키구치까지 가서 참치 먹고, 자전거를 타고 무 밭 있는 곳까지 갔을 뿐이에요."

 "그게 데이트 아냐?"

 사쿠타 또한 변명을 하면서도 『영락없는 데이트네……』 라는 생각이 들었기에, 그 후에는 화제를 바꾸는 데 집중했다.

 혼잡한 오다이바 에어리어에서 빈 주차장을 찾아서 차를 주차하니, 오후 다섯 시 반이 되었다.

 입체 주차장에서 빠져 나오자, 어느새 5시 40분이 되었다.

 라이브는 오후 여섯 시에 시작될 예정이다. 이미 행사장은 개장을 했을 것이며, 홀은 자신이 응원하는 아이돌을 기다리고 있는 팬들로 북적이고 있을 것이다.

 하지만, 사쿠타와 마이는 딱히 허둥대지 않으며 잘 정비된 길을 따라 천천히 걸음을 옮겼다.

애초부터 두 사람은 남들의 눈을 피하기 위해 라이브 시작 직전에 들어갈 예정이었다. 예상보다 길이 혼잡했지만, 덕분에 예상했던 시간에 도착할 수 있었다.

토요일이라 그런지, 오다이바는 놀러온 사람들로 붐비고 있었다. 전체적으로 연령대가 젊었다. 20대부터 30대 정도가 많아 보였다. 그 외에는 외국에서 온 관광객도 많았다.

사쿠타의 옆에서 걷고 있는 마이는 안경뿐만 아니라 모자와 마스크도 착용했다. 차 안에서는 귀여운 니트 상의 차림이었지만, 지금은 여성들이 부러워하는 늘씬한 몸매를 감추려는 듯이 품이 넉넉한 외투를 걸치고 있었다. 표정도, 겉모습도, 사람들이 아는 『사쿠라지마 마이』가 아니게 하기 위해서다. 하지만 운전을 위해 스키니 팬츠를 입고 있기에, 가늘고 긴 다리가 독보였다. 상의의 품이 넉넉하기 때문에 더욱 부각됐다. 마이는 이런 옷차림을 해도 미인이라는 사실이 여지없이 드러나는 것이다.

그런 마이는 인파가 많은 교차로를 건너면서 사쿠타와 가볍게 팔짱을 꼈다. 사쿠타의 팔꿈치 윗부분에 자신의 팔을 살짝 두른 것이다.

"사쿠타가 미아라도 되면 큰일이잖아."

"저는 스마트폰 없으니까, 절대 놓지 마세요."

교차로 반대편에서 걸어오는 사람들을 피하는 것도 좀 힘들 정도로 혼잡했다. 이 상황에서 마이와 떨어졌다간 다시 만나는 것은 무리이리라.

"사쿠타, 오다이바에 와본 적 있어?"

"처음이에요. 올 일이 없었거든요."

그래서 라이브 행사장이 어디에 있는지도 모른다.

마이가 거침없이 걸음을 내딛고 있었기에, 사쿠타는 그저 그녀를 따라가기만 했다.

"마이 씨는 자주 와요?"

이 근처에는 방송국도 있으니, 마이에게는 익숙한 장소일 거라는 생각이 들었다.

"자주라고 할 정도는 아니지만, 때때로 오기는 해. 일 때문에 말이야."

곧 정면에 있는 거대한 상업 시설이 눈에 들어왔다. 입구 쪽 광장에 세워져 있는 높이 20미터 가량의 로봇이 사쿠타를 맞이했다. 몸 곳곳이 붉은 색으로 빛나고 있었다. 사쿠타는 무심코 그 로봇을 올려다보았다.

역시 다이바시티 오다이바다. 다양성이 넘쳤다. 아예 넘쳐 흐를 정도다.

"이건 변형도 한대."

마이가 사쿠타에게 가르쳐줬다.

"변형?"

기왕이면 변형하는 모습을 보고 싶지만, 유감스럽게도 마이는 기다려주지 않았다. 마이는 사쿠타의 팔을 잡아당기더니, 로봇 뒤편에 있는 라이브 행사장 입구로 향했다.

건물 안으로 들어가자, 관계자용 접수처를 발견한 마이가 팔짱을 풀었다.

"가봐."

"제가요?"

"『아즈사가와』라는 이름으로 초대 티켓을 두 장 준비해뒀다는 말, 노도카한테서 못 들었어?"

"처음 들어요."

역시 『사쿠라지마 마이』라는 이름으로 티켓을 준비해두는 건 괜히 눈에 띌 것이다.

사쿠타가 접수처로 가자, 정장 차림의 젊은 여성이 「이름이 어떻게 되시죠?」 하고 정중히 물었다.

"아즈사가와입니다."

그 여성은 태블릿으로 리스트를 확인했다. 그리고 곧 「아즈사가와」를 찾은 것 같았다. 그녀의 눈이 「찾았어」라고 말하는 것 같았다.

"티켓 두 장이시군요. 저쪽으로 들어가 주세요."

"감사합니다."

"즐거운 시간 되십시오."

사쿠타는 공손한 배웅을 받으며 마이와 합류한 후, 라이브 행사장으로 향했다.

통로 끝에 있는 방음문을 열고, 홀 안으로 들어갔다.

스탠딩인 행사장 안은 거의 만원 상태였다. 행사장 뒤편까지도 상당한 밀도로 관객이 모여 있었다. 이 정도면 얼추 2천 명은 될 것 같았다.

벽을 따라 이동한 사쿠타와 마이는 뒤편에 있는 빈 공간을 차지했다. 바로 그때, 주의사항을 알려주는 안내방송이 들려왔다.

촬영 및 녹음은 금지, 무대 위에 올라가는 것도 금지, 주위 사람들에게 폐를 끼치지 말 것, 절도 있게 즐거운 시간을 보낼 것, 등등의 내용이었다.

오늘 라이브는 네 팀의 아이돌 그룹이 합동으로 벌이며, 각 팀에게 주어진 시간은 서너 곡을 부를 수 있는 정도다. 스위트 불릿은 그 중 두 번째다. 아까 접수처에 있던 손님으로 보이던 남성이 「오늘, 시크릿이 있대」 하고 말한 것을 보면, 한 팀 더 있을지도 모른다.

하지만, 오늘 이 라이브에 온 최고의 시크릿 게스트는 아마 마이일 것이다.

"곧 시작하겠네."

스마트폰으로 시간을 확인한 마이가 그렇게 중얼거렸다.

그 직후, 홀에 큰 음량으로 음악이 흐르면서 첫 번째 그룹이 무대 위에 올랐다.

"시작할게~! 오다이바~!"

여섯 명으로 이뤄진 그룹이다. 시꺼먼 의상을 입은 그녀들의 노래는 거칠면서도 파워풀했다.

아이돌 그룹이라고 해서, 전부 귀엽고 청초하며 대중적인 그룹만 있는 건 아니다. 락과 메탈, 펑크스타일의 노래를 부르는 그룹도 많다.

우즈키는 일전에 일본에는 몇 천 팀이나 되는 아이돌 그룹이 있다고 말했다. 그렇게 많다면 그 중에는 메이저 노선을 달리는 그룹도 있을 것이며, 마이너 노선에서 활로를 찾는 그룹도 있는 것이 당연했다. 그런 경쟁이 새로운 가능성을 찾고, 다음 세대의 인기 그룹을 만들어낸다.

누구나 연예계에서 『사쿠라지마 마이』 같은 정통파가 될 수 있지는 않다. 그렇게 될 수 있는 건, 극히 일부의 선택받은 인간뿐인 것이다.

사쿠타가 마이를 힐끔 쳐다보자, 그 눈길을 눈치챈 그녀와 시선이 마주쳤다. 눈빛으로 「왜?」 하고 묻고 있었다. 사쿠타는 아무 것도 아니라는 듯이 고개를 저었다. 그러자 마이는 실없다는 듯이 웃음기 어린 눈빛을 머금었다.

딱히 특별한 뭔가를 하지는 않았지만, 왠지 행복이 느껴지는 시간이었다.

첫 번째 그룹은 총 세 곡을 부르고 내려갔다.

멤버들을 부르는 팬들의 목소리가 무대 위까지 전해졌다. 그 목소리에 손을 흔들며 화답한 그녀들은 종종걸음으로 무대에서 내려갔다.

무대 위에 아무도 없자, 조명이 의도적으로 꺼졌다.

"오오~!"

팬의 기대가 샘솟아 오르는 듯한 저음을 자아냈다.

다음 순간, 옅은 조명이 무대를 비췄다. 아무도 없던 그 장소에 스위트 불릿 멤버 다섯 명이 객석에 등을 보이며 서 있었다.

한 사람씩 각자의 짧은 파트를 노래하며 뒤돌아서더니, 마지막으로 센터에 선 우즈키가 후렴구의 어레인지로 시작되는 이 곡의 첫 구절을 힘차게 노래했다.

간주에 팬의 목소리가 섞였다. 「즛키~!」, 「도카 양!」, 「양양!」, 「란란!」, 「호타룽!」하고 외치는 목소리가 말이다.

하지만 노래를 방해하지 않도록, 가창 파트에 들어서자 형광봉을 흔들기만 하면서 무대 밑에서 라이브의 열기를 끌어올리는 데 주력했다.

그런 팬의 성원에 힘입어, 스위트 불릿의 보컬을 이끌어 나가고 있는 이가 바로 우즈키다.

그녀의 노랫소리는 음절 하나하나를 정확하게 포착하고 있었으며, 가사에 따른 감정이 제대로 어려 있었다. 다른 멤버는 그에 맞춰, 그룹으로서 커다란 마음이 존재하는 악곡으로 완성시켰다. 라이브의 큰 음량 속에서도, 다섯 명이 자아내는 노랫소리는 불가사의하게도 기분 좋게 느껴졌다.

사쿠타가 스위트 불릿의 라이브를 보러 온 것은 거의 1년

만이다. 작년 여름에 카노 코토미가 피치 못할 일로 라이브에 갈 수 없게 된 바람에 남은 티켓을 카에데가 떠넘겨 함께 보러 갔던 것이 마지막이다.

그 사이, 그룹 전체가 경악을 금치 못할 만큼 발전했다.

멤버 전원의 가창력이 상승했다.

애초에 성량 자체가 예전과는 인상 자체가 달랐다.

게다가 원래부터 정교했던 댄스의 일체감이 더욱 좋아졌다. 키가 큰 멤버부터 작은 멤버까지, 움직임 전체에 통일감이 있었다. 싱크로하고 있는 것이다.

이 뛰어난 완성도는 자연스럽게 보는 이들의 흥미를 끌었으며, 시선을 떼지 못하게 했다.

다른 아이돌을 보기 위해 이 라이브에 참가한 관객도, 무대에서 눈을 떼지 못했다. 입을 벌린 채, 얼이 나간 표정을 짓고 있는 관객도 있을 정도였다.

하지만 이 정도의 매력을 뽐내고 있는데도, 일전에 우즈키는 「무도관은 멀다」 하고 말했다. 지금의 다섯 배나 되는 손님을 모을 수 있게 되어야만 하는 것이다.

대체 뭘 어떻게 해야 하는 걸까.

퍼포먼스 자체만 본다면, 스위트 불릿의 라이브는 다른 아이돌 그룹 못지않다. 실력이 있는데, 인기가 더 얻지 못하는 이유는 뭘까. 사쿠타가 생각한다고 해서 답을 찾을 수 있을 리가 없다. 사쿠타가 찾을 수 있는 답이라면, 스위트 불릿은 이미 그 답을 찾아서 인기를 얻은 끝에 무도관에서 라이브를 했을 것이다.

그런 생각을 하고 있을 때였다.

방금까지 완벽하던 스위트 불릿의 라이브에 미세한 균열이 발생했다.

처음에는 기분 탓이라는 생각이 들 만큼 미세한 위화감이었다.

하지만 우즈키의 댄스만이 미세하게 뒤처지고 있는 것처럼 보였다.

그것은 의도적인 연출일지도 모른다.

그렇지 않다는 사실을 눈치챈 것은 우즈키가 노도카와 위치를 바꿀 때였다. 노도카의 눈길이 한순간, 우즈키를 향했다.

옆에 있던 마이의 눈동자에도 의문이 어렸다.

뭔가가 이상한 것이다.

그리고 그 사실이 팬에게도 전해지더니, 형광봉을 흔드는 손길에 당황스러움이 어렸다.

자연스럽게 이 행사장에 있는 이들의 시선이 우즈키에게 집중됐다.

그런 우즈키는 템포가 맞지 않는 댄스를 추며, 공허한 눈길로 어딘가를 쳐다보고 있있다. 비소를 잃지 않았지만, 팬을 쳐다보고 있지는 않았다.

불안이 부풀어 올랐다.

무슨 일이 일어난 것인지 모르겠다.

무슨 일이 일어나려 하는 것인지도 모르겠다.

하지만 오늘 컨디션이 나쁜 것인지도 모른다 같은 식으로 낙관적으로 생각하고 넘어갈 일이 아니라는 생각이 들었다.

그리고 그 직감은 현실이 됐다.

두 번째 후렴구에 들어간 순간, 그 일이 벌어졌다.

마치 목이 막힌 것처럼 우즈키의 노랫소리가 한순간 끊겼다.

마이크를 통해, 잠긴 듯한 목소리가 전해졌다. 신음을 연상케 하는 노이즈였다.

하지만 스위트 불릿의 노래는 중단되지 않았다. 노도카와 다른 멤버가 우즈키의 솔로 파트를 커버해준 것이다.

그런 와중에도 우즈키는 마이크를 쥔 채 노래를 불렀다.

하지만, 그녀의 마이크는 우즈키의 목소리를 전해주지 못했다.

"음향 트러블일까?"

마이가 귓속말로 사쿠타에게 말했다. 하지만 마이는 다른 가능성을 점치고 있는 것처럼 보였다. 아마 사쿠타와 같은 생각을 하고 있을 것이다.

그대로 첫 곡이 끝났다.

무대에 나란히 선 스위트 불릿의 멤버가 팬과 마주했다.

"여러분, 안녕하세요~!"

서브 리더인 아노 야에가 아무 일도 없었다는 듯이, 객석을 향해 힘찬 목소리로 말했다.

"저희는~."

"스위트 불릿이에요!"

멤버 전원이 한 목소리로 외쳤다. 하지만, 마이크가 전해준 것은 네 명의 목소리뿐이었다.

역시 우즈키의 목소리는 들리지 않았다.

입은 움직이고 있지만, 사쿠타에게는 그녀의 목소리가 전해지지 않았다. 무대 바로 앞에 있어도, 그녀의 목소리가 들리지 않았을지도 모른다.

그런 우즈키를 배려한 건지…….

"시간이 촉박한 것 같으니, 남은 두 곡을 연달아 부를게요!"

야에는 인사를 짤막하게 끝냈다.

다음 곡이 시작되기 직전, 무대 위에서는 우즈키를 제외한 네 명의 멤버가 시선을 교환했다.

그것만으로 무언가를 주고받을 수 있을 만큼 농밀한 시간을, 그녀들은 오늘까지 함께 해온 것이다.

그렇기에 스위트 불릿은 두 번째 곡도 세 번째 곡도 완창하며 라이브를 무사히 마쳤다.

첫 번째 곡과 마찬가지로 우즈키만 댄스가 어긋나고 있었으며, 한 사람은 입만 뻥긋거리고 있었지만, 라이브를 도중에 중단하지 않았다.

무대에서 내려갈 때까지, 멤버들은 아이돌다운 밝고 활기찬 미소를 지었다.

그런 그녀들과 교대하듯, 세 번째 아이돌 그룹이 힘차게 등장했다. 이 라이브의 열기를 유지하기 위해서인 걸까.

"나갈까?"

그 아이돌 그룹의 첫 곡이 시작되기 전에 마이가 그렇게 말하자, 사쿠타는 그녀와 함께 홀 밖으로 나갔다.

방음문 밖으로 나가자 들려오는 소리가 확 작아졌다. 마치 다른 세계에 온 것 같았다.

현실에 돌아온 느낌이 들었다.

사쿠타와 마이는 그대로 건물을 빠져 나갔다.

두 사람은 주차장을 향해 걸었다. 그리고 횡단보도 하나를 건넌 후, 사쿠타는 무거운 목소리로 말했다.

"마이 씨, 방금은……."

"아마 목소리가 나오지 않는 거야."

사쿠타의 머릿속에 떠오른 가능성을, 마이는 입에 담았다.

"바로 답장이 오지는 않겠지만, 노도카에게 메시지를 보내볼게."

마이는 길가에 멈춰 섰다. 사쿠타도 그런 마이의 옆에 섰다. 머릿속에는 방금 마이가 했던 말이 메아리치고 있었다.

'아마 목소리가 나오지 않는 거야.'

노래를 부르는 우즈키에게 있어, 그것이 어떤 의미인지를 생각했다.

3

약 한 시간 후에야, 노도카에게서 답장이 왔다.

─**지금, 병원이야.**

그런 짤막한 문장이 마이의 스마트폰에 왔다.

아무래도 무대에서 내려오자마자, 우즈키를 병원으로 데려간 것 같았다.

마이가 「마중 갈게」라는 내용의 메시지를 보내자, 노도카의 답장에는 오다이바 인근에 있는 종합병원의 이름이 적혀 있었다.

사쿠타와 마이는 오후 여덟 시 반 즈음에 노도카가 말한 병원에 도착했다.

텅텅 빈 병원 주차장에 차를 댄 마이는 사이드 브레이크를 당겼다. 안전벨트를 푼 사쿠타와 마이는 문을 열며 차에서 내렸다.

"입구, 이쪽이 맞을까?"

외래 접수 시간은 이미 끝났다. 붉은 색 램프가 달린 응급실 입구만 불이 켜져 있었다. 병원 사람에게 제지를 당한다면, 그 사람에게 다른 입구가 어디 있는지 물어보자고 생각하며 그쪽으로 향했다.

바로 그때, 그 입구를 통해 아는 사람이 나왔다. 두 사람이었다.

　한 사람은 벤치 코트를 걸친 우즈키였다. 무대 의상 위에 그 코트를 걸쳤으며, 화장 또한 지우지 않았다. 일단 액세서리만 푼 후, 서둘러 병원으로 향한 것 같았다.

　그런 우즈키와 함께 있는 사람은 바로 일전에 한 번 만난 적이 있는 우즈키의 어머니였다. 10대 때 우즈키를 낳은 어머니는 지금도 아슬아슬하게 30대이며, 대학생인 딸이 둔 어머니처럼은 보이지 않았다.

　두 사람 다 곧 사쿠타와 마이를 발견했다.

　"사쿠타 군, 오래간만이야."

　우즈키의 어머니가 차분한 어조로 말을 건넸다. 「마이 양도 오래간만이네」 하고 말하며 미소를 지었다. 그러자 사쿠타와 마이는 가볍게 고개를 숙였다. 그 후, 사쿠타는 우즈키를 향해 고개를 돌리더니 하고 솔직하게 물었다.

　"즛키, 괜찮아?"

　"……."

　우즈키는 대답하지 않았다. 그저 난처한 듯한 미소를 입가에 머금을 뿐이었다.

　"미안해. 사실 우즈키는 지금 목소리가 나오지 않는단다."

　우즈키의 어머니는 아까 전과 변함없는 어조로 그렇게 말했다.

"……."

"……."

이번에는 사쿠타와 마이의 말문이 막혔다.

마이의 예상이 맞았다.

진짜로 목소리가 나오지 않는 것이다.

이곳에 오는 도중, 마이는 그런 증상에 걸린 사람을 몇 명 본 적이 있다고 말했다. 과도한 스트레스 혹은 업무에 관련된 쇼크가 원인으로, 일시적으로 말을 하지 못하게 되는 것이다……. 그 외에도 소리를 듣지 못하게 되거나, 혀가 꼬이게 된 사람을 마이는 과거에 본 적이 있다고 말했다.

사쿠타가 그 말을 믿을 수 있었던 것은, 여동생인 카에데가 해리성 장애로 기억을 상실한 적이 있기 때문이다.

사람의 마음과 몸은 상상 이상으로 밀접하게 연관되어 있는 것이다.

"아무튼, 한동안 좀 쉬라는 말을 들었어. 요즘 좀 바빴거든."

뭐, 마이 양 만큼은 아니지만 말이야, 하고 우즈키의 어머니는 농담 투로 덧붙여 말했다.

그 사이, 우즈키는 말이 하고 싶은데도 할 수가 없는 것 같았으며, 몇 번이나 입을 열었다 다물기를 반복했다.

그런 우즈키를 사쿠타가 쳐다보자, 시선을 느낀 그녀와 눈이 마주쳤다. 우즈키는 어렴풋이 미소를 짓더니, 곧 사쿠타에게서 시선을 뗐다.

"노도카 양과 다른 아이들은 안에서 매니저와 이야기를 나누고 있어. 내일 라이브도 있으니까 말이야."

그렇다. 일요일인 내일도 스위트 불릿은 라이브가 잡혀 있다. 그 라이브에 관해 상의를 하고 있는 것일까.

우즈키의 어머니는 상의 호주머니에서 자동차 열쇠를 꺼냈다.

사쿠타의 뒤편에 있던 미니밴의 잠금 기능이 해제되면서 라이트가 켜졌다.

"그럼 미안하지만, 오늘은 우즈키를 데리고 이만 돌아가볼게."

"예. 조심히 돌아가세요."

사쿠타가 그렇게 말할 수밖에 없었다.

우즈키는 사쿠타를 향해 가볍게 손을 흔들더니 마이에게 고개를 꾸벅 숙인 후, 차의 조수석에 탔다. 그런 우즈키가 안전벨트를 매는 것을 확인한 후, 그녀의 어머니는 사쿠타와 마이를 향해 손을 흔들며 차를 출발시켰다.

우즈키를 태운 차는 조용히 병원 주차장을 빠져나갔다.

불이 절반가량 꺼진 어둑어둑한 병원 복도에는 당연히 아무도 없었다. 사쿠타와 마이의 발소리만이 유독 크게 느껴졌다.

한동안 통로를 나아가자, 모퉁이 너머에서 새어나오는 불빛이 보였다.

그 모퉁이에 다가갔을 때였다.

"우즈키의 솔로 데뷔, 사실이었던 거죠?"

어딘가에서 차가운 목소리가 들려왔다. 노도카의 목소리 같았다.

마이가 사쿠타의 팔을 잡으며 그를 멈춰 세웠다.

그리고 목소리가 들린 방향을 쳐다보니, 불이 켜진 내과 외래 접수처 앞에 다섯 사람이 서있었다. 대합실이기도 한 장소에서, 전원이 선 채로 이야기를 나누고 있었다.

아까 만났던 우즈키와 같은 디자인의 벤치코트를 입은 사람은 스위트 불릿의 멤버들이었다. 토요하마 노도카, 아노 야에, 나카고 란코, 오카자키 호타루, 이렇게 네 사람이다. 그리고 그녀들의 시선을 한 몸에 받으며 서있는 성인 여성이 있었다.

"저 애들의 매니저야."

마이가 귓속말로 사쿠타에게 가르쳐줬다.

나이는 서른 살 정도로 보였다. 재킷을 말쑥하게 입었으며, 안경을 쓴 외모는 지적이면서도 쿨해 보였다. 지금은 당혹감을 겉으로 드러내고 있는 탓에, 인상이 차가워 보이지는 않았다.

"맞죠?"

야에가 추궁했다.

"이제 그만 가르쳐달라고요."

키가 작은 호타루가 약간 혀 짧은 목소리로 뒤이어 말했다.

"매니저."

애원하듯 그렇게 말한 이는 어른스러운 외모를 지닌 란코였다.

"……알았어. 치프는 말하지 말라고 했지만…… 우즈키의 솔로 데뷔의 이야기가 나온 건 사실이야."

매니저는 체념한 듯한 투로 그렇게 말했다.

"그건, 졸업한다는 소리예요?"

호타루는 그 말을 듣자마자 그렇게 말했다. 「무엇을」 졸업하는 건지 구체적으로 말하지 않은 건 말하지 않아도 알기 때문이며, 또한 말하고 싶지 않아서이기도 하리라.

"……."

질문을 한 사람도, 받은 사람도, 침묵에 잠겼다.

시간상으로는 5초도 채 이어지지 않은 침묵이었다. 하지만, 길고 무거운 침묵이었다.

"치프는 그렇게 생각하나 봐."

"……윽."

매니저가 긍정하자, 멤버 네 사람은 동시에 입술을 깨물었다.

"하지만, 우즈키는 한 번 거절했어."

"……."

얼굴을 든 멤버들의 표정에 의문이 어렸다. 또한, 기뻐하는 기색은 없었다.

"어째서요?"

노도카가 그렇게 물었다.

"나도 몰라."

"그 이야기가 나온 건 언제죠?"

야에가 또 질문을 던졌다.

"그 광고를 찍은 직후니까…… 아마, 8월 말 쯤일 거야."

"그렇게……."

란코는 「그렇게 전에」라는 의미를 담아 한 말일 것이다.

"치프도 한번은 솔로 데뷔를 단념했지만…… 그 광고의 반향을 보니, 차마 포기할 수가 없나 봐. 우즈키의 매력을 더욱 알리고 싶다며……. 실제로 그 후에 우즈키를 프로듀스하고 싶다는 이야기도, 엄청 대단한 곳에서 들어왔어."

엄청 대단한 곳이란, 음악 업계의 거물 프로듀서 같은 이를 말하는 것일까.

"우즈키에게는 그 이야기를 했나요?"

야에가 확인 삼아 그렇게 물었다. 자신이 알고 있는 정보와 맞춰보고 있는 것 같았다. 옆에 있는 노도카도 이야기를 들으며 생각에 잠겨 있었다.

"우즈키에게는 아직 말하지 않았어. 기회를 봐서 이야기하겠다고 치프가 말하기는 했지만 말이야."

"그럼 즛키는 어째서 요즘 좀 이상했던 거지……."

호타루가 한 말은 문제의 근간을 이루는 의문이었다.

"……."

스위트 불릿의 멤버는 아무 말도 하지 않았다.

다들 느끼고 있었다. 눈치챈 것이다. 우즈키의 변화를……

그 이유가 솔로 데뷔와 관련이 있을 거라고 마음 한편으로 생각하고 있었으리라. 하지만 방금 매니저가 한 말이 사실이라면 시기가 맞지 않는 것이다.

그래서 다시 묘연해졌다. 단서가 사라지고 말았다. 목소리가 나오지 않을 만큼, 우즈키는 심각한 무언가를 마음속에 품고 있는 걸까.

"너희는 어떠니?"

거꾸로 매니저가 멤버들에게 질문을 했다.

"그 애의 고민이 뭔지, 짚이는 구석은 없어?"

"……."

아무도 입을 열지 않았다. 이번에도 침묵이 이어졌다. 하지만 아까 전의 침묵과는 의미가 달랐다. 멤버들은 은근슬쩍 시선을 교환했다. 그것은 『그걸지도 몰라』라는 의미가 담긴 눈짓이었다.

"있나 보네."

"……."

노도카를 비롯한 멤버들은 또 침묵으로 답했다.

"말하기 싫다면 안 해도 돼. 너희끼리 해결할 거지?"

매니저가 확인 삼아 묻자, 야에가 대표로서 고개를 끄덕였다.

"아무튼, 내일 라이브는 예정대로 진행하겠어."

"예."

네 사람은 한 목소리로 대답했다.

"각오만은 해두렴."

외부인인 사쿠타도 그것이 어떤 각오를 말하는지 짐작이 됐다.

우즈키의 목소리가 나오지 않는다면, 남은 방법은 하나뿐이니까…….

4

집으로 향하는 차량 안은 조용했다. 오다이바에 올 때보다 사람이 한 명 늘었는데도, 아무도 입을 열지 않았다.

핸들을 쥔 마이는 운전에 집중하고 있었고, 조수석에 앉은 사쿠타의 뒤편에 앉은 노도카는 창밖에 펼쳐진 한밤의 마을 풍경을 멍하니 쳐다보고 있었다. 사이드 미러에는 그녀의 가라앉은 표정이 비치고 있었다.

한동안 일반도로를 달린 차량은 요기 지역을 지나더니, 제3케이힌 도로의 입구에서 커브를 돌며 올라갔다. 무정차 자동결제 시스템으로 게이트를 통과한 차량은 가속했다.

도로 아래편에 흐르는 타마 강을 순식간에 건넌 후, 마이가 운전하는 차량은 시속 80킬로미터로 달리는 차량 행렬의 일부가 됐다.

차는 일정한 속도로 순조롭게 나아가고 있었다.

기나긴 침묵을 견디다 못한 사쿠타는 라이브 전에 편의점에서 산 페트병 탄산 주스를 땄다. 복숭아맛 탄산 주스다.

사쿠타는 그 주스를 한 모금 마셨다.

"이거, 꽤 맛있네요."

"……."

"……."

하지만, 마이와 노도카는 아무 말도 하지 않았다.

사쿠타는 분위기를 환시시켜보려고 했을 뿐인데, 이 푸대접은 좀 너무했다.

사쿠타가 충격에 사로잡혀 있을 때였다.

"라이브 직전에, 대기실에서 말이야."

뒷좌석에서 갑자기 목소리가 들려왔다.

감정을 억누르고, 후회만이 남아 있는 목소리였다. 평소의 쾌활한 노도카의 분위기는 그 어디에도 존재하지 않았다. 평소와 분위기가 너무나도 달랐기에, 처음에는 노도카의 목소리처럼 들리지 않았을 정도다.

사이드 미러로 뒷좌석을 보니, 노도카는 차량의 왼쪽 문에 기대앉은 채, 창문에 머리를 대고 있었다. 노도카의 시선은 여전히 창밖을 향하고 있었지만, 그녀의 눈에는 아무 것도 들어오지 않을 것이다.

"우즈키가 우리한테 물었어."

"……."

마이는 아무 말도 하지 않았다.

"……."

사쿠타 또한, 마이와 마찬가지로 입을 다물고 있었다.

조용히, 노도카가 말을 이을 때까지 기다렸다.

"「우리는 무도관에 갈 수 있을 거라고 생각해?」 하고 말이야."

"……."

"평소 같으면 「갈 수 있어」, 「꼭 가자」 하고 대답했을 거야. 대답했을 거라고 생각해……."

들리는 것이라고는 차량의 주행음과 노도카의 작은 목소리만 들렸다.

"예정되어 있던 라이브가 중지되어서 낙심했을 때도, 아이돌 활동 중에 실수를 해서 자신감을 잃었을 때도, 열심히 노래와 댄스를 연습해도 팬이 늘지 않아서 눈물이 나려고 할 때도, 아이카와 마츠리가 졸업했을 때도……. 멤버 누군가가 불안에 짓눌릴 것만 같을 때면, 마치 짜기라도 한 것처럼 「다 같이 무도관에 가자」 하고 말하며 서로를 격려했어. 항상, 그렇게 해왔어……."

노도카의 목소리가 희미하게 젖어 들어갔다. 슬퍼서가 아니다. 쓸쓸해서가 아니다. 물론, 기뻐서도 아니다. 분해서, 자기 자신이 한심해서…… 목이 메고 있었다.

"항상 그 말을 할 수 있었는데, 오늘은 못했어."

"……."

"나도, 다른 멤버들도, 우즈키에게 「가자」, 「꼭 가는 거야」 하고…… 말하지 못한 거야."

"……."

"그럴 만도 해. 항상 가장 먼저 그렇게 말해줬던 사람은 우즈키였는걸. 불안에 사로잡혔을 때, 우리를 이끌어줬던 사람은 언제나 우즈키였어……."

남이 한 말에 호응하기만 하는 것이라면 간단하다. 누군가가 먼저 말을 꺼냈으니까, 누군가가 이미 결정을 해줬으니까…… 그에 따른 책임 또한 가볍게 느껴지는 것이다.

"나도, 다른 멤버들도 우즈키에게 용기를 얻었을 뿐이야. 우즈키가 불안을 느끼고 있는데, 아무 것도 해주지 못했어."

노도카가 방금 한 말은 사실이 아니라는 생각이 들었다. 라이브 도중에 목소리가 나오지 않게 된 우즈키의 파트를, 스위트 불릿의 멤버들 전원이 멋지게 메워줬다.

갑작스러운 트러블이 일어났는데도, 라이브를 중단하지 않고 끝까지 노래를 불렀다. 그럴 수 있는 그룹은 그녀들뿐일 것이다.

이번을 눈치챈 팬도 분명 존재했다. 하지만 퍼포먼스를 이어가서 불안을 불식시키려 했다. 그리고 그 목적은 얼추 달성됐다. 그 상황에서 최선의 결과를 이뤄냈다고 생각한다.

그녀들이 얄팍한 관계였다면 그러지 못했을 것이다. 최근 들어 같이 활동하는 시간이 줄었다고 노도카가 말했지만, 오늘 라이브에서는 스위트 불릿이란 그룹의 저력을 멋지게 발휘했다. 그것이 전해졌기에, 라이브의 열기가 고조된 것이다.

하지만, 이런 이야기를 노도카에게 지금 해봤자 의미는 없다.

"우즈키는 괜찮을 거라고, 멋대로 단정 지었어."

차량은 일정한 속도로 지금도 달리고 있다.

여전히, 마이는 아무 말도 하지 않았다.

사쿠타가 조수석에서 쳐다봤지만, 앞에서 달리고 있는 흰색 SUV와의 거리를 유지하며 계속 차를 몰 뿐이었다.

마이가 운전하는 차량은 어느새 카와사키 시를 벗어나서, 요코하마 시에 들어섰다. 제3케이힌 도로에서 요코하마 신도(新道)로 넘어온 것이다.

이대로 토츠카의 요금소까지 간 후, 국도 1호선으로 이동하면 후지사와까지 갈 수 있다고 내비게이션이 알려줬다.

"내일은 어떻게 할 거니?"

아무 말 없이 차를 몰던 마이가 그제야 입을 열었다. 평소와 다름없는 어조였다. 핸들을 쥔 그녀의 표정 또한 자연스러웠다.

마이의 목소리에 반응한 노도카는 머리를 문에서 뗐다. 기대 앉아 있던 자세를 바르게 고치더니, 등도 쭉 폈다.

아마, 마이가 우는 소리를 하지 말라며 꾸짖을 거라고 생각했으리라.

마이는 기본적으로 언제나 상냥하며, 겉으로 드러내지는 않지만 노도카의 활동도 열심히 응원하고 있다. 신곡이 나오면 스마트폰에 항상 다운로드했으며, CD 또한 꼭 구입했다. 오늘도 오다이바에 갈 때는 스위트 불릿의 노래를 틀었다.

그런 반면, 연예계 활동에 대한 응석에는 꽤 엄격했다. 그런 마이이기에, 국민적 지명도를 자랑하는 인기 여배우라는 지위를 유지하고 있는 것이다.

사쿠타도 은근슬쩍 조수석의 창가로 몸을 기울였다. 예전에 옆에 있다가 괜히 뺨을 맞은 적이 있다. 자동차 운전 중이니 그런 행동은 하지 않을 거라고 생각하지만, 본능적으로 몸이 반응하고 말았다.

그것을 눈치챈 마이가 사쿠타를 힐끔 쳐다보았다.

하지만 마이는 아무 말도 하지 않았다. 가능하면 한 마디 해줬으면 했다. 침묵을 지키고 있을 때가 더 무서웠다.

"내일은 우즈키 빼고 넷이서 무대에 설까 해."

"괜찮겠어?"

마이는 짤막하게 확인하듯 물었다.

"괜찮아. 당연하잖아."

노도카의 목소리에는 아직 망설임이 어려 있었다. 불안도 담겨 있었다. 진짜로 괜찮을지 모르는 것이다. 모르지만, 그 래도 해보고 싶다는 마음이 노도카에게 그런 말을 입에 담 게 했다.

"그래."

마이는 약간의 기쁨이 묻어나는 미소를 머금었다.

"더는 우즈키를 불안하게 만들지 않을 거야. 이번에는 우 리가 우즈키를 이끌어주겠어."

5

커튼을 걷자, 산맥을 연상케 하는 구름 덩어리가 서쪽에 서 동쪽으로 천천히 흐르고 있었다.

그리고 곳곳에서 푸른 하늘이 모습을 보이고 있었다. 흐 린 것처럼도, 맑은 것처럼도 보이는…… 그런 어정쩡한 날씨 였다.

"오늘 라이브는 어느 쪽이려나."

맑을까, 흐릴까, 아니면 비가 내릴까, 혹은 폭우가 쏟아질 까…….

어제 본 일기예보에 따르면, 오늘 날씨는 맑음 마크와 비 마크가 나란히 있는 「맑은 후 비」라고 한다. 여름을 연상케 하는 불안정한 기후가 강조된 것이다. 남성 기상캐스터도

「날씨가 맑더라도 갑작스럽게 비가 내릴 가능성이 있으니, 우산을 항상 휴대하고 다니십시오」 하고 차분한 어조로 말했다.

사쿠타는 반쯤 감은 눈으로, 그렇게 어정쩡한 하늘을 바라보았다.

금방이라도 눈이 감기려 하는 건, 수면 부족 탓에 졸려서다.

어제는 아르바이트를 하고, 마이와 함께 라이브를 보러 갔는데, 해프닝이 발생했으며, 병원에도 들르느라…… 꽤 늦은 시간에 귀가했다. 그래도 오후 열한 시 경에는 집에 도착했으니, 그것이 수면 부족의 직접적인 원인은 아니다.

집에 돌아갔더니, 우즈키가 걱정된 카에데가 사쿠타에게 질문 공세를 펼친 것이다. 「우즈키 씨, 괜찮은 거야?」, 「내일 라이브는?」, 「노도카 씨는 뭐래?」 하고, 욕실 문 앞까지 쫓아와서 꼬치꼬치 캐물은 것이다.

"카에데가 어떻게 즛키의 일을 알고 있는 거야?"

카에데는 이 날의 라이브를 보러 오지 않았다.

"인터넷 뉴스를 봤어."

목욕을 마치고 나온 사쿠타에게 카에데가 보여준 노트북 컴퓨터의 화면에는, 라이브 도중에 우즈키에게 일어난 이변을 전하는 기사가 표시되어 있었다.

대부분 억측성 기사였다. 정확한 정보라고는 할 수 없다. 하지만 과장스러운 제목이 흥미를 끌면서 불안을 조장했다.

적당히 멤버간의 불화를 주장하고, 우즈키가 곧 졸업할 거라는 소리를 근거도 없이 늘어놓으며, 사람들의 관심을 끌려는 기사가 대부분이었다.

우즈키는 현재 주목을 받고 있는 만큼, 이런 기사를 올리면 많은 이들이 볼 것이다. 그래서 비슷한 기사가 잔뜩 올라와 있었다. 이런 짓으로 먹고 사는 사람들이 있는 것이다.

"뭐, 괜찮아."

"정말이야?"

"그야, 즛키잖아."

우즈키에게는 노도카를 비롯한 스위트 불릿의 멤버들이 곁에 있다. 팬이 있다. 항상 그녀에게서 기운을 받았던 이들이, 이번에는 우즈키의 버팀목이 되어줄 때인 것이다.

그러니, 주위 사람들까지 가라앉아서는 안 된다.

"응, 맞아."

그런 마음이 카에데에게도 전해진 건지 「내일은 비가 와도 열심히 응원해야지!」 하며 결의를 다졌다. 물론 모든 불안을 떨쳐낸 것은 아니리라. 그래도, 카에데는 나름대로 납득을 하며 방으로 돌아갔다.

다음날, 사쿠타가 하품을 하며 거실에 나와 보니 카에데는 이미 외출을 준비를 마친 상태였다.

현재 시각은 오전 아홉 시를 지났으며, 시곗바늘은 열 시를 향해 나아가고 있었다.

"벌써 나가는 거야?"

오늘 야외 라이브는 오후 한 시에 시작된다. 라이브가 열리는 핫케이지마는 여기서 대략 한 시간 거리다. 결의가 넘치는 건 알겠지만, 그래도 집을 나서기에는 아직 이른 시간이었다.

"요코하마 역에서 코미와 만나서 점심 먹기로 했어."

그렇게 말한 카에데는 현관 쪽으로 사라졌다.

사쿠타는 나스노와 함께 배웅을 하러 갔다.

"조심해서 다녀와."

"응. 다녀올게."

현관문이 열리더니, 카에데는 외출했다.

사쿠타는 그 모습을 보면서 『어엿하게 성장했는걸』 하고 구구절절한 심정으로 생각했다.

카에데를 배웅하고 늦은 아침을 먹은 후, 세탁과 방 청소를 마친 사쿠타는 오전 열한 시 반경에 집을 나섰다.

후지사와에서 핫케이지마까지 가는 루트는 대학에 갈 때와 거의 동일하다. 카나자와 핫케이 역까지는 완전히 일치했다.

다른 루트로 간다면 이동 시간이 10분 정도 단축되겠지만, 통학용 정기권으로 이용 가능한 구간으로 가면 금전적으로 이득이다.

동일한 통학 구간의 전철이라도, 일요일에는 이용하는 손님 층이 달랐다. 전철 안의 분위기에서는 「휴일」 느낌이 물씬 나고 있었다. 특히 케이큐 선으로 환승한 후에는 나들이 나온 듯한 가족이나 커플이 자주 보였다. 이제부터 미사키구치까지 가는 걸까. 아니면 도중에 요코스카 중앙역에서 내리려는 걸까. 혹은 사쿠타와 마찬가지로 핫케이지마에 가는 걸지도 모른다.

전철이 카나자와 핫케이 역에 도착하자, 많은 사람들이 플랫폼에 내렸다. 그 중에도 어린 아이를 데리고 있는 가족이나 젊은 커플이 많았다. 그들은 개찰구를 지나더니, 그대로 시사이드 라인의 개찰구로 빨려들듯 들어갔다.

사쿠타도 그런 이들 중 한 명이었다.

예전에는 좀 떨어진 장소에 시사이드 라인의 역이 있었지만, 이설 공사를 통해 환승이 가능하게 됐다.

시사이드 라인은 그 이름에 걸맞게, 역을 출발하면 바닷가의 고가 다리를 달린다. 시야가 높아서 먼 바다까지 한눈에 볼 수 있다.

전철 창밖의 풍경은 정말 멋졌다. 사쿠타가 멍하니 창밖을 바라보며 『바다구나』 하고 생각하는 사이, 어느새 역 세 곳을 지난 전철이 그의 목적지인 핫케이지마 역에 도착했다.

에노시마란 이름의 역이 에노시마에 없듯, 핫케이지마 역 또한 핫케이지마에 있지는 않았다.

개찰구를 통과하고 역 밖으로 나가자, 같은 전철에 탄 사람들의 행렬이 바닷가로 향하고 있었다.

그런 이들 너머에 있는 섬이 눈에 들어왔다. 그 섬에 이어진 다리도 보였다.

여기까지 오면 거의 도착한 것이나 다름없다.

가족 혹은 커플이 주위를 가득 채운 가운데, 사쿠타는 홀로 걷고 있었다. 오늘 마이는 일이 있어서 같이 오지 못했다. 어제처럼 휴일에 오랫동안 같이 있었던 적은 손으로 꼽을 정도다.

주위의 시선이 약간 신경 쓰이지만, 무사히 카나자와 핫케이 대교를 통과한 사쿠타는 인공섬인 핫케이지마에 상륙했다. 어제 오다이바에 이어, 이틀 연속으로 매립지에 온 것이다.

이 섬에는 수족관과 유원지, 쇼핑몰, 그리고 호텔 및 아레나로 지어져 있으며, 바다를 테마로 한 복합형 레저 시설로 구성되어 있다.

텔레비전에서 자주 소개되기 때문에 알고는 있었지만, 이렇게 와본 것은 처음이다. 언제든 갈 수 있는 거리에 살고 있으면, 의외로 갈 기회가 적다. 사쿠타에게는 그런 장소 중하나다.

이렇게 와보니 섬이 꽤 넓다는 사실을 알 수 있었다.

분위기는 잘 정비된 공원 같으며, 또한 테마파크 같기도 했다. 이 시기에는 할로윈 느낌으로 장식이 되기에, 그런 인상이 더욱 강했다. 사쿠타는 라이브 스테이지의 간판이 가리키는 방향을 따라 이동했다.

거대한 제트코스터 레일을 올려다보며 걸음을 옮긴 사쿠타가 건물 뒤편을 지나자, 갑자기 시야가 탁 트였다.

섬 반대편에 도착한 것이다. 그곳에는 바다에 인접한 광장이 있으며, 많은 이들이 모여 있었다.

라이브 스테이지가 이미 시작된 건지, 이름 모를 남성 4인조 락밴드 아티스트가 연주를 하고 있었다.

인기가 꽤 있는지, 스테이지 앞에 모인 여성 팬들이 그들의 연주에 열광하고 있었다.

아무래도 오늘은 아이돌 한정 이벤트가 아닌 것 같았다.

다음으로 무대에 오른 이는 카나자와 현 출신이라는 싱어송 라이터였다. 기타와 하모니카, 그리고 상냥한 노랫소리가 행사장의 분위기를 훈훈하게 만들었다.

이곳에 모인 관객 또한 실로 다양했다.

특정 아티스트를 보기 위해 이곳에 온 팬도 있는가 하면, 핫케이지마에 놀러 왔다가 음악 이벤트를 한다고 해서 구경하러 온 사람도 많았다.

그들은 겉으로 표현하는 열량만으로도 충분히 구분이 됐다.

팬은 스테이지에 조금이라도 더 다가서려 하고 있지만, 그렇지 않은 손님들은 중간 즈음에서 보며 적당히 손뼉을 치고 있었다. 그들보다 더 뒤편에서 무대를 응시하고 있는 이도 잔뜩 있었다.

다들 듬성듬성 서있었다. 근처를 지나가다 뭐하는 건지 보러온 듯한 심정으로, 노래에 귀를 기울이고 있었다. 사쿠타도 그런 이들 중 한 명이었다.

온도 차가 있기는 하지만, 이 행사장에는 수많은 사람들이 모여 있었다. 스테이지 앞에서 적극적으로 라이브에 참가하고 있는 이는 약 2천 명 정도였다. 어제 라이브와 비슷한 숫자다.

그렇지 않은 손님도 5, 6백 명 정도 될 것 같았다.

카에데도 친구인 카노 코토미와 함께 이곳에 왔겠지만, 주위를 둘러봐도 보이지 않았다. 이 많은 사람들 안에서 그 두 사람을 찾는 건 불가능에 가까울 것이다.

"고마워요, 핫케이지마!"

그 인사를 끝으로, 30대로 보이는 싱어송 라이터는 손을 흔들며 무대에서 내려갔다. 그리고 교대를 하듯 진행자로 보이는 젊은 여성이 마이크를 쥐고 무대 옆에 섰다.

"다음은 스위트 불릿입니다!"

그리고 힘찬 목소리로 그렇게 소개했다.

곡의 인트로 부분이 들리더니, 멤버가 무대 위로 뛰어올라왔다.

서브 리더이자, 최근 스포츠 계열 버라이어티에서 열심히 활동하고 있는 아노 야에.

드라마 출연이 늘어난 오카자키 호타루. 얼마 전에는 마이와 같은 작품에 출연했다.

그 뒤를 이어 그라비아 모델로 예전부터 활약해온 나카고 란코가 나왔다.

네 번째로 금발을 휘날리며 등장한 이는 토요하마 노도카다.

이것으로 전부다.

스위트 불릿은 원래 다섯 명이지만, 오늘은 한 명이 보이지 않았다.

무대 앞에 모인 팬들은 당연히 히로카와 우즈키가 없다는 사실을 눈치챘다. 이곳에 모인 팬들이 동요했다. 불안에 사로잡히며 술렁거렸다.

그런 감정을 날려버리려는 듯이, 스위트 불릿의 멤버인 네 사람은 힘차게 노래를 불렀다.

우즈키가 없다는 점은 언급하지 않으며, 평소와 다름없는 퍼포먼스로 팬들에게 미소를 전했다.

격렬하고, 절도 있는 댄스.

야외의 잡음에 밀리지 않는 보컬.

네 명이 서기에는 약간 넓은 무대 또한, 그녀들은 작아 보이게 하지 않았다.

그 박력에 팬들도 호응했다. 성원을 보내고, 손뼉을 치며, 함께 점프했다. 노래 도중에 비가 내리기 시작했지만, 아무도 개의치 않았다. 오히려 그들의 뜨거운 열광에 기름을 부은 것만 같았다.

그녀들은 그대로 첫 곡을 전심전력을 다해 완창했다.

머리카락이 젖었고, 목덜미를 타고 찬란한 이슬이 흘러내렸다. 그 이슬은 빗물만이 아니었다.

네 사람은 심호흡을 하며 흐트러진 숨을 골랐다.

행사장 안은 자연스레 정적에 휩싸였다.

스위트 불릿의 멤버 중 한 사람이 없는 이 상황에서 남은 멤버들이 무슨 말을 할지를, 마른 침을 삼키며 지켜보고 있었다.

들리는 것이라고는 가녀린 빗소리뿐이다.

"다들, 안녕~!"

서브 리더인 야에가 힘찬 목소리로 말했다.

"저희는~."

"스위트 불릿이에요!"

네 사람은 한 목소리로 평소의 인사말을 외쳤다.

"잠깐만, 한 명 모자라지 않아?"

앳된 얼굴을 지닌 호타루가 느닷없이 정곡을 찔렀다.

"어? 이 타이밍에 그 소리를 하는 거야?"

노도카가 태클을 걸자 란코가 대놓고 푸념을 늘어놓았다.

"즛키 파트, 노래하기 힘들어~."

그러자 팬들이 웃음을 터뜨렸다.

"그런데, 즛키는 어떻게 된 거야?"

또 호타루가 우즈키를 언급했다.

"겨우 얼버무리며 넘겼잖아! 그냥 넘어가자!"

노도카가 난처한 목소리로 태클을 걸자, 또 웃음이 터져 나왔다.

"즛키 파트, 노래하기 진짜로 힘들단 말이야~."

란코는 자기 이야기가 아직 안 끝났다는 듯이, 입술을 삐죽 내밀었다.

"나도 힘들거든? 야에! 보고 있지만 말고 빨리 할 일을 해!"

노도카가 더는 못 해먹겠다는 듯이, 야에에게 그렇게 말했다.

호흡이 척척 들어맞는 콤비네이션이었다. 팬은 그녀들의 이런 대화를 고대하며, 라이브를 보러오는 것이다.

"괜찮아."

야에는 행사장에 온 관객들을 향해 말했다.

그렇게 사람들의 주목을 단숨에 자신 쪽으로 모았다.

"우즈키는 꼭 돌아올 거야!"

그리고 힘찬 목소리로 자신의 마음을 전했다.

"그러니까, 같이 노래하자!"

그 말에 맞춰, 두 번째 곡이 이 행사장에 울려 퍼졌다.

라이브의 분위기를 띄우는 노래다.

팬들의 리액션도 완전히 확립되어 있기에, 무대와의 일체감이 어마어마했다.

"왠지 대단하네⋯⋯."

"응⋯⋯."

사쿠타의 옆에 있는 「그냥 보고 있는 이들」에 속하는 커플이 말하며 쓴웃음을 짓고 있었다.

아이돌과 팬의 열량에 약간 질린 것처럼 보였다. 하지만 그들은 자리를 벗어나지 않았다. 흥미어린 시선으로, 스위트 불릿을 바라보고 있었다. 관심을 가지고 있었다. 저 커플 말고도 그런 관객들이 잔뜩 있었다.

1절이 끝나고 후렴구에 접어들자, 팬의 열기가 더욱 고조됐다. 그에 비례하듯 빗줄기도 강해졌다. 슬슬 우산이 필요할 정도의 강우량이다.

하늘을 올려다보니, 두꺼운 비구름이 눈에 들어왔다. 그리고 조금 떨어진 곳에는 푸른 하늘이 존재했다. 저 하늘 아래는 날씨가 맑을까. 일기예보대로, 날씨가 변덕스러울 것 같았다.

몇 분 후의 날씨도 예측이 안 됐다.

하지만 이 노래가 끝나고, 한 곡만 더 부르면 스위트 불릿의 무대가 마무리된다. 오늘도 각 팀에게 할당된 시간은 세 곡 분량인 것이다.

그리고 두 번째 곡도 마지막 후렴구만을 남겨두고 있었다.

이대로 무사히 끝날 것이다.

그렇게 생각한 순간, 펑 하는 커다란 소리가 행사장에 울려 퍼졌다.

무대를 비추는 조명이 일제히 꺼졌다.

놀란 관객들이 커다란 파도가 되어서 사쿠타 쪽으로 몰려왔다.

노도카를 비롯한 멤버들도 고개를 들어서 꺼진 조명 쪽을 쳐다보았다.

그와 동시에 노래도 중단됐다. 마이크도 멤버들의 목소리를 전해주지 못했다. 스피커는 침묵을 지키고 있었다.

다들 말문이 막힌 가운데, 행사장에는 정적이 감돌았다.

전기 쪽에 문제가 생긴 것일까. 라이브 행사장 전체의 전기가 완전히 나갔다. 아마도 지금 내리고 있는 비 때문이리라……

이렇게 되자, 무대 위에 있는 네 사람은 멍하니 서있을 수밖에 없었다.

행사장 전체가 술렁거리기 시작했다.

곧 스태프 점퍼를 입은 남성이 무대 위로 올라왔다. 그 사람은 확성기를 들고 있었다.

"현재 원인을 확인하고 있으니, 잠시만 기다려 주십시오."

그 남성은 라이브의 일시 중단만을 사무적으로 알린 후, 무대에서 내려갔다.

무대 위의 멤버에게는 몸이 식지 않도록 벤치 코트가 전달됐다. 노도카와 멤버들은 어쩔 수 없다는 듯이 그것을 넘겨받았다.

상황은 최악이었다.

팬에게 있어서도 그랬으며, 노도카를 비롯한 스위트 불릿 멤버에게 있어서도 마찬가지다.

우즈키가 없이 치르는 오늘 라이브는 무슨 일이 있어도 성공시켜야 한다.

그런 결의를 품고, 무대에 올랐으리라.

그런 상황에서 이런 트러블이 벌어졌으니 정말 분할 것이다.

그렇기에, 멤버들은 스태프들이 권하는 데도 무대에서 내려가지 않았다. 아직 계속하고 싶다. 지금 바로 라이브를 하고 싶다. 그런 마음이, 그녀들을 무대에 머물게 했다.

하지만 그런 마음과 달리, 라이브가 중단되자 일부 관객들이 이 자리를 벗어나기 시작했다. 특히 후방에서 별 관심 없이 보고 있던 이들은 현저할 정도로 숫자가 줄었다.

빗줄기도 굵어졌다. 우산을 써야할 정도였다. 일단 사쿠타는 파카의 후드를 썼다.

무대 앞에 모인 관객들도 비 때문인지 뒤편에 있는 이들부터 서서히 돌아가기 시작했다. 한두 사람씩 빠져나가기 시작하더니, 곧 줄지어 이 자리를 벗어났다. 재개될 조짐이 없는 만큼, 일단 비라도 피하자고 생각하는 게 자연스러우리라.

무대 위에서라면 그런 손님들의 움직임이 더 잘 모일 것이다.

아무 것도 할 수 없는 상황 속에서, 노도카가 입술을 깨무는 모습이 멀찍이 떨어진 곳에 있는 사쿠타의 눈에 들어왔다.

한 명, 또 한 명, 무대 앞에서 사람들이 사라졌다. 하지만 그 덕분에, 사쿠타는 드문드문 있는 관객들 사이에 있는 한 인물을 발견할 수 있었다.

오늘 이 곳에 온 이유가 바로 이것이다. 사쿠타는 그녀를 찾으러 왔던 것이다.

우즈키는 몇 안 되는 관객들 사이에 멀뚱히 서있었다.

모자를 눌러쓰고, 그 위에 파카의 후드를 썼다.

무대를 똑바로 바라보고 있는 그녀의 눈길은 이 자리에 있는 그 누구보다도 진지했으며, 또한 걱정으로 가득 차 있었다.

우즈키라면 이곳에 올 거라고 생각했다. 사쿠타도 신경이 쓰여서 오늘 라이브를 보러 온 것이다. 그러니 우즈키가 오지 않을 리가 없다.

사쿠타는 천천히 우즈키에게 다가가더니, 그녀의 옆에 멈춰 섰다.

"스위트 불릿의 라이브를 자주 보러 오나요?"

그리고 일부러 존댓말을 쓰며, 서먹하게 말을 건넸다.

"……."

한순간, 우즈키는 사쿠타를 곁눈질했다. 하지만 목소리가 나오지 않기에, 우즈키는 묵묵히 무대를 향해 고개를 돌렸다.

"아무한테도 말 안 할 테니까 괜찮아."

"······?"

"내 앞에서는 말해도 돼."

"······."

우즈키의 표정은 변하지 않았다. 놀라지도 않았으며, 난처한 표정을 짓지도 않았다. 목소리가 나오지 않는다는 것을 어필하지도 않았다.

그것이 진실이었다.

"내가 거짓말을 한다는 걸 용케 눈치챘네."

"거짓말쟁이는 거짓말을 꿰뚫어보는 것도 잘하거든."

이 가능성을 눈치챈 것은, 어제 병원에서 우즈키를 만났을 때였다. 우즈키의 태도가 너무 침착했던 것이다. 감정을 너무 드러내지 않는 것 같았다. 그것도 부자연스러울 만큼······. 그것은 뭔가를 숨기고 있는 인간의 반응 같아 보였으며, 우즈키가 지금 상황에서 숨길 것이라면 단 하나뿐이다.

"오빠 분은 거짓말 탐지가구나."

"거짓말 탐지기 뺨치지?"

"그건 거짓말 탐지기에게 좀 미안하지 않아?"

"거짓말 탐지기는 마음이 넓으니까 이해해줄 거야."

"그래?"

우즈키는 마음을 다잡으려는 듯이 웃음을 살며시 흘렸다. 그리고 대화가 중단되더니, 짤막한 침묵이 사쿠타와 우즈키 사이에 흘렀다.

그 침묵을 깨기 위해 입을 연 사람은 바로 우즈키였다.

"어제 라이브 때는 진짜로 목소리가 안 나왔어."

우즈키는 변명을 하듯 그렇게 중얼거렸다.

"믿기지 않을지도 모르지만……."

사쿠타를 바라보는 우즈키의 시선에서는 자신감이 느껴지지 않았다.

"믿어. 어제 라이브를 봤거든."

그것이 연기처럼 보이지는 않았다. 사쿠타에게는 갑작스러운 트러블처럼 느껴졌다.

"뒤편에 있었지?"

"보였어?"

"무대 위에서는 객석이 잘 보이거든."

"그럼 토요하마나 다른 애들도 우리가 온 걸 알고 있을지도 모르겠네."

사쿠타가 무대를 쳐다보니, 노도카와 멤버들은 여전히 무대 위에 있었다.

"……그럴지도 몰라."

마찬가지로 무대를 올려다본 우즈키가 난처한 표정을 지으며 웃었다.

여전히 내리고 있는 비 때문에, 우즈키의 피기기 젖이 들어가고 있었다.

"라이브라면 매번 보러 와."

"······응?"

"오빠 분이 아까 했던 질문의 대답이야."

"아하."

"스위트 불릿의 첫 라이브 때부터 항상 보러 왔어. 아무리 조그마한 라이브라도 단 한 번도 놓친 적이 없어."

우즈키는 차분한 톤으로 대답했다.

"그럼, 예전에도 이런 트러블이 벌어진 적이 있나요?"

사쿠타는 일부러 모르는 사람인 척 하며 우즈키와 대화를 이어갔다. 처음에 모르는 사람인 척 말을 건 사람은 사쿠타이기도 하니까 말이다.

"있었어. 이렇게 큰 무대는 아니었지만, 스피커에서 소리가 나지 않았어."

"그때는 어떻게 했죠?"

"마이크 없이 노래를 불렀어. 센터인 애가 말이야."

우즈키가 그 말을 입에 담은 바로 그때였다.

스위트 불릿의 멤버가 차례차례 벤치 코트를 벗기 시작했다.

이 위치에서는 멀게 느껴지는 무대 위에서 눈빛을 교환하고 있던 네 사람이 일제히 숨을 들이마셨다. 그리고 다음 순간, 네 사람은 노래하기 시작했다.

악기 연주는 없다.

스피커에서 흘러나오는 악곡도 없다.

마이크도 그녀들의 노랫소리를 전해주지 못하고 있었으

며, 빗소리 또한 컸다. 추적추적 내리고 있는 비가 옷과 지면에 떨어지면서 나는 소리였다.

하지만 그녀들은 한 줄로 서더니, 네 사람만의 합창을 이어갔다.

그 목소리는 사쿠타와 우즈키가 있는 장소까지 겨우겨우 전해졌다.

그 노랫소리는 금방이라도 잦아들 것만 같았다.

하지만, 그 노랫소리에 의해 행사장 안의 분위기가 조금씩 변하기 시작했다.

무대 앞쪽에서 누군가가 손뼉을 치기 시작했다. 짝 하는 소리가 한번 들릴 때마다 인원수가 늘어나더니, 뒤편에 있는 사람들에게로 서서히 전염되어갔다.

자리를 벗어나던 관객들 중 일부가 그 소리를 듣고 걸음을 멈췄다. 의문과 흥미가 반반 씩 섞인 듯한 표정으로, 무대 위에 있는 네 사람과 팬들을 바라보고 있었다.

물론 완벽한 퍼포먼스와는 거리가 멀었다. 노도카와 멤버들은 댄스를 포기하더니, 발라드풍으로 어레인지한 곡에만 집중하고 있었으니까…….

사쿠타와 우즈키의 주위에 있는 이들도 스위트 불릿을 응원하며 손뼉을 치기 시작했다. 아이돌과 팬이라는 굴레에서 벗어난 일체감이 탄생하려 하고 있었다.

하지만, 자리를 벗어나는 사람들의 흐름을 완전히 막지는

못했다. 절반가량의 손님들이 이탈했다.

지금도 사람들이 돌아가고 있었다.

"결국 그 애는 안 나왔잖아."

"어처구니없네. 돌아가자고."

사쿠타와 우즈키의 옆에서도 돌아서는 사람들이 있었다. 그들만이 아니었다. 우연히 이곳에 왔다가 라이브를 보게 된 손님들에게는 스위트 불릿의 마음 같은 것은 아무래도 상관없는 것이다.

광고로 화제가 된 우즈키가 나온다니, 보고 갈까 하고 생각했다.

하지만 나오지 않으니 돌아간다. 그뿐이다.

"이게 우리의 현실이야."

우즈키의 목소리는 작았다. 하지만 그녀의 목소리는 똑똑히 사쿠타에게 전해지고 있었다.

"오늘까지 다 같이 필사적으로 노력했지만, 1만 명의 손뼉을 얻지는 못했어."

이 자리에 남아있는 사람은 6백 명 정도일까.

"박력은 충분한데 말이야."

"응. 좋은 라이브였어."

그 말에서는 한줌의 서짓말도 섞여 있지 않았다.

"그렇다면, 이런 곳에 있지 말고 가보는 게 어때?"

우즈키는 목소리가 나오고 있다. 이렇게 목소리를 낼 수 있다면, 노래도 부를 수 있을 것이다.

"나한테는, 그럴 자격이 없어."

"스위트 불릿의 멤버이자, 리더이며, 센터인데도 말이야?"

"나도, 아까 그 사람과 마찬가지야."

아까 그 사람이라면 「어처구니없네」 하고 말하며 돌아간 녀석들을 말하는 걸까. 어깨 너머로 돌아봤지만, 그들의 뒷모습도 이미 보이지 않았다.

"내 안에도 존재해. 이루어질 리 없는 꿈을 열심히 좇고 있는 저 애들을, 비웃고 있는 내가…… 있어."

"……"

"그걸 눈치챘으니까, 나는 저 애들과 같은 무대에 설 수 없어."

한탄하지도, 슬퍼하지도 않으며, 우즈키는 담담히 사실만을 말했다. 애절함이 희미하게 어린 눈길로, 무대를 지그시 바라보고 있다.

어제 라이브 전에도, 지금과 마찬가지로 「우리는 무도관에 갈 수 있을 거라고 생각해?」 하고 다른 멤버들에게 물었을 것이다. 현실을 객관적으로 바라보는 메마른 목소리로, 이런 식으로밖에 이야기할 수 없는 우즈키의 얼굴은 쓸쓸해 보였다.

'나도, 비웃음을 사고 있었구나.'

그날, 우즈키는 그 사실을 알고 말았다.

그것만 알았을 뿐이라면, 우즈키는 지금 이런 곳에서 무대를 올려다보고 있지 않았을 것이다.

하지만 그 순간, 깨달은 것이 하나 더 있었다.

자신을 비웃는 사람들의 심정도 이해하고 말았다.

분위기를 살필 수 있게 되었기에.

빈정거림과 비아냥거림을 이해하게 되었기에……

본심과 위선을 교묘하게 나눠 쓰며, 타인을 비웃는 자신의 심정을 눈치채고 말았다.

하지만, 그것이 뭐 어쨌다는 걸까.

그것은 인간이라면 누구나 가지고 있는 감정 중 하나다.

누구나 가지고 있다.

누구나 하고 있다.

그러니까…….

"토요하마도, 알고 있어."

"……응?"

"자신이 인기 없는 아이돌이라는 걸 아는 거야."

"……"

"그런 자신을 비웃는 녀석이 있다는 걸, 그 녀석은 알아."

그런데도 노도카는 무대에 서서, 목청껏 노래하고 있다.

"아마, 다른 멤버들노 마찬가시일 거야."

그런데도, 그녀들은 노래하고 있다.

"지금 이대로는 무도관이 무리라는 걸 알고 있는 거야."

"……윽?!"

"현실을 똑바로 보고 있는 거야."

"……그렇다면, 어째서야?"

우즈키의 목소리는 떨리고 있었다.

"진짜로 몰라서 묻는 거야?"

"……."

"나도 상상이 되는 간단한 이유라고."

우즈키가 모를 리가 없다. 무대 위에 있는 이들과 똑같은 시간을 보내고, 똑같이 노력을 했으며, 똑같은 무대에 서왔다. 아무리 관객이 없더라도, 무시를 당해도, 오늘까지 함께 노력해온 것이다.

아니, 우즈키니까 알 수 있을 것이다. 누구보다 강렬하게, 그 마음을…….

노래를 이어가고 있는 다른 멤버들의 마음을, 이 세상에서 우즈키가 가장 잘 알 것이다.

"나…… 어떻게 하면 좋을까?"

곡은 두 번째 후렴구에 들어갔다. 남은 부분은 얼마 되지 않았다.

"지금이야말로 분위기 좀 살피라고, 즛키."

사쿠타가 해줄 말은 그것뿐이다.

우즈키가 고개를 들더니, 사쿠타를 쳐다보았다. 약간 놀란 듯한 표정이었다. 하지만, 북받친 눈물을 상의 소매로 닦더니, 무대를 똑바로 쳐다보았다.

그 눈빛은, 사쿠타가 알고 있는 히로카와 우즈키의 눈빛이었다.

우즈키가 파카의 후드를 벗었다.

벗은 모자는 사쿠타에게 건네줬다.

모자로 감추고 있던 긴 머리카락이 물결처럼 흘러내렸다.

두 번째 후렴구가 드디어 끝났다.

손뼉을 통한 짤막한 간주가 이어졌다. 무대 위의 멤버들은 허밍으로 그 간주에 호응했다.

그 후에 이어지는 마지막 후렴구 앞의 파트는 우즈키가 독창으로 부르는 부분이다.

게다가 원래 노래에서도, 반주는 피아노뿐인 잔잔한 부분이다.

스위트 불릿의 곡을 전부 아는 팬들은 평소와 마찬가지로 이 파트의 직전에 손뼉을 멈췄다.

노랫소리에 집중하기 위해서 말이다.

정적이 주위를 가득 채웠다. 빗소리가 들렸다. 하지만, 우즈키가 숨을 들이마시는 소리는 빗소리보다 컸다.

그 직후, 우즈키의 노랫소리가 울려 퍼졌다.

이 자리에 있는 모든 이들의 시선이 관객들 사이에 있는 우즈키에게 몰렸다.

노도카와 멤버들도 무대 위에서 이쪽을 쳐다보고 있었다.

우즈키를 보고 있었다.

우즈키가 한 걸음 앞으로 나섰다. 그리고 한 걸음 더 내디뎠다. 그러자 무대 앞에 모여 있던 관객들은 누가 시킨 것도 아닌데 좌우로 갈라지면서, 우즈키를 위해 무대로 이어지는 꽃길을 만들었다.

우즈키는 힘찬 발걸음으로 그 길을 나아갔다.

노래하면서, 읊조리면서 이윽고 그 파트가 끝나는 순간, 우즈키는 무대 바로 앞에 도착했다.

"즛키!"

노도카를 비롯한 다른 멤버들의 목소리가 포개졌다.

"즛키!"

팬들 또한 그 뒤를 따랐다.

"자, 가자!"

야에가 그렇게 외친 순간, 네 명의 멤버가 힘을 합쳐서 우즈키를 무대 위로 끌어올렸다.

구름 사이로 빛이 쏟아졌다. 하늘에서 빛으로 된 다리가 내려왔다. 그 빛이 바다를, 관객들을, 그리고 무대 위를 비췄다.

천연 스포트라이트가 무대를 밝혔다.

가볍게 잡음이 발생한 후, 스피커에서 다시 소리가 흘러나왔다. 이 자리에 있는 모든 이들이 전원이 다시 켜졌다는 것을 이해했다.

우즈키가 예비용 마이크를 넘겨받은 후, 무대 중앙에 모인 다섯 사람은 마지막 후렴구를 함께 불렀다.

　팬들이 환성을 질렀다. 갈채가 터져 나왔다.

　그 한가운데에서, 스위트 불릿의 멤버들은 영문 모를 눈물을 흘리며…… 함께, 웃었다.

종 장

Congratulations

하늘이 높다.

너무나도 멀고 투명했다.

푸르다기보다 하얗고, 하얗다기보다 투명한 하늘 빛깔이
었다.

그런 하늘에는 럭비공처럼 생긴 달이 떠있었다.

그 모든 것이 가짜처럼 느껴진 사쿠타는 하늘을 올려다보
며 무심코 웃음을 터뜨렸다.

카나자와 핫케이 역에서 대학 입구까지 이어지는 선로 옆
의 길.

학생들이 드문드문 걷고 있다.

비와 기자재 트러블이 발생한 핫케이지마 야외 라이브 다
음날.

어제가 일요일이었던 만큼, 다음날인 오늘은 월요일이다.
당연한 것이겠지만, 대학에서는 평소처럼 수업이 이뤄졌다.

어제 여러모로 고생했다 할지라도, 그것은 대학 일정에 전
혀 영향을 주지 않는다.

"하암~."

사쿠타는 하품을 하면서 정문을 통과했다.

앞에서 걷고 있던 학생도 크게 하품을 했다.

1교시가 시작되기 전인 이 시간대에는 누구나 정문을 통

해 학교 안으로 들어가고 있다. 아직 오전 아홉 시도 안 된 만큼, 학교 밖으로 나서는 학생이 있을 리가 없는 것이다.

그렇다. 있을 리가 없지만, 사쿠타의 눈에는 은행나무 가로수길을 통해 정문 쪽으로 걸어오는 누군가의 모습이 비쳤다.

게다가 아는 인물이었다.

바로 우즈키다.

상대방도 사쿠타를 발견한 건지, 그에게 다가왔다.

서로가 서로에게 다가가더니, 가로수길 중간에서 멈춰 섰다. 운동장 바로 옆이었다.

"즛키, 벌써 돌아가는 거야?"

아직 1교시 수업도 시작되지 않았다. 대체 무엇을 하러 대학에 온 것일까.

"자퇴서는 이미 학생과에 냈거든."

"……"

사쿠타는 그 갑작스러운 보고를 듣고, 한순간 말문이 막혔다.

「자퇴서」가 「대학을 관두기 위해 내는 서류」라는 것을 깨닫는 데는 약간의 시간이 걸렸다.

"……이번에도, 갑작스럽네."

하지만 이런 재빠른 행동 자체는 우즈키다웠다. 게다가 우즈키가 이런 이유 또한 짐작이 됐다.

어제 라이브 막바지에, 우즈키는 스위트 불릿 멤버와 팬들 앞에서 두 가지 선언을 했다.

하나는 최근 소문이 자자한 자신의 솔로 데뷔 오퍼를 받아들이겠다는 것이었다. 단, 스위트 불릿은 졸업하지 않을 것이며 그 둘을 양립하겠다고 말했다.

다른 하나는…….

"내가 모두를 무도관으로 데려가겠어!"

……였다.

"그러니까 모두도, 노도카도, 야에도, 란코도, 호타루도, 나를 무도관에 데려가줘!"

우즈키는 특유의 독특한 말투로 그렇게 덧붙여 말했다.

그 말을 들은 스위트 불릿의 멤버들이 우즈키를 중심으로 서로를 얼싸안았고, 팬들은 환성을 질렀다.

그 후, 분위기를 살피지 못한 우즈키가 「그럼 앙코르 하자!」 하고 말하자 다른 멤버들은 얼이 나가버렸다. 하지만 분위기를 살핀 이벤트 스태프라도 있는 건지, 스피커에서 흘러나온 악곡에 맞춰 다섯 명이 추가로 한 곡을 더 선보였다.

결과적으로 라이브는 성황리에 끝났다.

특히 기자재 트러블로 인해 아카펠라로 선보였던 세 번째 곡이 큰 주목을 모았다. 동영상 사이트에 그 광경이 어제 올라왔고, 우즈키가 등장할 때까지의 흐름에 매료된 신규 팬이 대량으로 생겨났다. 카에데는 집에 돌아온 후에 몇 번이나 그 영상을 봤을 정도다.

"대학에는 미련이 없는 거야?"

"오빠 분, 전에 나한테 물었지?"

"응?"

"통계과학부를 선택한 이유 말이야."

"응. 물었어."

그것은 단둘이서 미사키구치에 갔을 때의 일이다.

"황천길 선물 삼아 가르쳐줄게."

"그냥 작별 선물 정도로 해주면 안 될까?"

아직 인생을 끝마칠 생각은 없다.

"여기에 오면 조금은 알 수 있을 것 같았어."

"뭘 말이야?"

"모두란 무엇인지를 말이야."

"……."

우즈키의 말에 침묵으로 답한 것은, 사쿠타도 같은 생각을 했기 때문이다.

"그것을 알면, 우리 멤버들에 대해서도 더 알 수 있을 거라고 생각했어."

우즈키는 약간 멋쩍은 반응을 보였다. 그것이, 본심이라 말하고 있었다. 분위기를 살피지 못했기에, 우즈키는 스위트 불릿 멤버들 사이에 녹아들지 못했다. 하지만 스위트 불릿은 그런 우즈키를 받아줬다. 그래도, 이해할 수 있다면 이해하고 싶다고 생각했다. 노도카, 그리고 다른 멤버들의 마음을, 더욱 알고 싶었다. 자신의 행복은 「모두」가 아니라 스스로 정해야 한다는 것을 알고 있으면서 멤버들이 생각하는 행복만을 알고 싶어졌다. 물론, 지금보다 더 친해지기 위해서 말이다.

그 수단으로서, 우즈키는 우선 모두란 무엇인지 배우려 했다. 「모두」의 안에, 들어가려 했다.

그 바람에, 「무언가」가 된 우즈키를 시기하며 일반적인 대학생 친구로 만들려 하는 「모두」와, 우즈키의 이해관계는 일치했다.

그 결과, 우즈키는 모두와 감각을 공유하게 되면서 비슷한 옷을 입게 됐다. 같은 화제로 이야기를 나누게 됐다. 분위기를 살피게 된 것이다.

사쿠타가 나름대로 해석한 바에 따르면, 그것이 이번 사춘기 증후군의 정체 리오라면 다른 표현을 쓸지도 모르지만, 사쿠타로서는 이것으로 충분했다. 마주해야 할 것은 이 현상 자체가 아니라, 히로카와 우즈키라는 한 사람의 친구니까 말이다.

"아마, 오빠 분도 마찬가지지?"

"응?"

"통계과학부를 선택한 이유 말이야."

알면서도 시치미 떼기는, 라는 반응을 보인 우즈키는 분위기를 살피며 웃음을 흘렸다.

"전에도 말했다시피, 나는 합격할 확률이 높은 학부를 고른 것뿐이야."

"그럼 공부 쪽은 오빠 분에게 맡길게. 답을 찾으면, 나한테도 알려줘."

"방금 내 말, 듣기는 하는 거야?"

"방금은 일부러 흘려 넘긴 거야."

그렇게 말하며 한참을 웃은 후, 우즈키는 진지한 표정을 지었다.

"마지막으로 오빠 분과 한 번 더 이야기를 나눠서 다행이야."

"위트 넘치는 대화는 즐겁거든."

"응, 맞아."

바로 그때, 우즈키는 스마트폰을 힐끔 쳐다보았다. 시간을 확인하는 것 같았다.

"이제부터 일하러 가는 거야?"

"응. 이제 가봐야 해."

그렇게 말한 우즈키가 손을 내밀었다.

"저기, 즛키."

사쿠타는 그렇게 말하면서, 우즈키의 손을 움켜쥐었다.

그것은 작별의 악수였다.

"……응?"

우즈키는 미소를 머금은 채, 사쿠타가 말을 잇기를 기다렸다.

준비해둔 말은 딱히 없다. 우즈키가 자퇴를 한다는 것을
방금 알았으니 말이다. 그래도, 마음은 하나의 형태를 이루
며 자연스레 사쿠타의 입을 움직이게 했다.

　"졸업, 축하해."

　대학 생활이 사회에 나갈 때까지의 준비기간이라면, 우즈키
에게 있어 오늘은 사회를 향해 첫 발을 내딛는 날일 것이다.

　남들보다 조금 이르지만, 이것은 우즈키가 결정한 길이다.

　사쿠타가 그렇게 말하자, 우즈키는 한순간 어리둥절한 표
정을 지었다. 하지만 곧 멋쩍은 듯이, 그리고 기쁜 듯이 웃
었다.

　우즈키는 악수를 하고 있는 손에 힘을 줬다. 그리고 또 빙
긋 웃더니, 「그럼 가볼게」 하고 말하며 정문을 향해 뛰어갔다.

　정문에서 학교로 들어오고 있는 학생들이, 뛰어가고 있는
우즈키를 발견했다. 그들은 오늘도 비슷비슷한 양복을 입
고, 비슷비슷한 헤어스타일을 했다. 여자들은 화장을 했고,
가방을 매거나 백을 든 채, 비슷비슷한 화제로 이야기를 나
누거나, 스마트폰을 보거나, 혹은 이어폰으로 유행하는 곡
을 듣고 있었다. 우즈키가 자퇴서를 내더라도, 그들은 달라
지지 않을 것이다. 그들의 일상은 이곳에 있다.

　그런 학생들의 시선과 생각을, 우즈키는 눈치챘다.

　눈치챘지만, 우즈키는 그것이 신경 쓰여 멈추지는 않았다.

　속도를 늦추지도 않으며, 우즈키는 정문 밖으로 뛰쳐나갔다.

한 걸음, 두 걸음, 세 걸음, 대학에서 나간 우즈키는 뭔가가 생각난 것처럼 급브레이크를 밟았다.

그리고 그대로 사쿠타를 향해 돌아섰다.

"오빠 분, 바이바이!"

우즈키는 껑충껑충 뛰면서, 「바이바이! 바이바이!」 하고 양손을 크게 흔들며 외쳤다.

그 자리에 있는 건, 분위기를 살피지 못하는 우즈키였다.

하지만, 원래대로 되돌아간 것은 아니다. 애초부터 분위기를 살피지 못하던 과거의 우즈키와는 명백히 달랐다.

우즈키는 분위기를 살필 수 있게 되면서, 주위 사람들이 자신을 비웃고 있다는 사실을 알았다. 자신의 내면에도, 타인을 비웃으려 하는 감정이 존재한다는 것을 우즈키는 알았다.

하지만, 우즈키는 그런 감정을 지금 이 자리에서 바로 눈치채지는 않았다.

지금도, 자신의 옆을 지나치는 학생들의 눈길에 비웃음이 어려 있다는 것을 눈치채지 못했다. 「정신 나간 애네」, 「아침부터 되게 시끄럽잖아」 같은 마음속의 조소도 눈치채지 못했다.

열심히 손을 흔들며, 사쿠타의 반응을 고대하고 있을 뿐이다.

그래서, 사쿠타는 우즈키를 향해 힘차게 손을 흔들었다.

옆을 지나가는 학생들의 시선이 차갑지만, 신경 쓰이지 않았다.

마지막으로 우즈키가 「바이바이!」 하고 말하며 만족스러운 미소를 지은 것이다. 그 미소가 훨씬 가치 있었다.

우즈키가 역을 향해 다시 뛰어갔다.

망설임 없는 그 모습이 시야에서 사라질 때까지, 사쿠타는 우즈키를 배웅했다.

시야에서 사라진 후에도, 잠시 동안 그 자리에서 움직이지 않았다.

시간상으로는 3초 정도였다.

그리고 4초가 되기 직전, 옆에서 여성의 목소리가 들렸다.

"아~, 아까워라. 모처럼 분위기를 살필 수 있게 해줬는데 말이야."

어느새 사쿠타의 옆에는 스무 살 정도로 보이는 여성이 서 있었다.

빨간 옷을 입고 있었다. 평범한 빨간 옷이 아니다. 산타클로스 복장이다. 그것도 검은색 타이츠를 신은 미니스커트 산타 복장 말이다.

"……"

사쿠타가 눈을 깜빡이며 쳐다보자, 그녀는 그 시선을 눈치챘다. 뭔가를 확인하려는 듯이 사쿠타의 주위를 한 바퀴 돌았다. 사쿠타는 그런 그녀를 눈으로 쫓았다.

"깜짝 놀랐네. 너한테는 내가 보이는 구나."

그녀는 의도적으로 입가에 손을 댔다.

귀여운 얼굴로, 귀여운 척을 했다.

시계탑의 바늘이 오전 8시 45분을 가리키고 있었다. 1교시 수업이 시작되기 5분 전이다. 가로수길을 통해 본관 건물로 향하는 학생들이 바쁜 걸음으로 사쿠타의 옆을 지나쳤다.

그런 학생들은 얼추 5, 60명은 될 것이다. 하지만, 그 누구도 산타클로스에게 관심을 보이지 않았다. 미니스커트 산타인데도, 그저 지나쳤다. 보고도 못 본 척 하는 것 같지는 않았다.

그들에게는, 그녀가 보이지 않는 것이다.

"아즈사가와 군은 역시 대단하네."

"……누구시죠?"

사쿠타의 지인 중에 산타클로스는 없다.

"안심해. 이렇게 만나는 건 처음이거든."

"불안만 엄습하네요."

상대방은 사쿠타를 아는 것 같으며, 그녀는 사쿠타에게만 보이니까…… 안심할 요소가 그 어디에도 없었다.

"아즈사가와 군은 나를 알걸?"

"기억에 없는데요."

"그래?"

미니스커트 산타는 심술궂은 미소를 머금었다.

"나는 말이지? 키리시마 토코라고 해."

그것은 확실히 사쿠타가 아는 이름이었다.

▣ 작가 후기

대학생 편, 시작했습니다.

　TV애니메이션 제작과 극장판을 통해 『청춘돼지』는 정말 많은 분들에게 지지를 받으며 지금 이 자리까지 쑥쑥 성장했습니다. 도움을 주신 관계자 여러분에게, 진심으로 감사드립니다.

　이 책의 집필 과정에서, 담당 편집자이신 쿠로카와 님, 요시다 님, 쿠로사키 님에게 신세를 졌습니다.

　이번에도 끝까지 함께 해주실 독자 여러분에게도, 진심으로 감사 인사드립니다. 다음 권에서는 그 애가 히로인입니다. 기대해주시길.

카모시다 하지메

■역자 후기

　안녕하십니까. 근로청년 번역가 이승원입니다.

　『청춘 돼지는 방황하는 가수의 꿈을 꾸지 않는다』를 구매해주셔서 진심으로 감사드립니다.

　청춘 돼지 시리즈의 2부 대학생 편의 첫 에피소드인 『청춘 돼지는 방황하는 가수의 꿈을 꾸지 않는다』는 재미있게 보셨는지요.

　이번 에피소드는 지금까지의 청춘 돼지와 전체적으로 다른 관점에서 진행되고 있습니다.

　사춘기 증후군에 걸린 히로인이 등장하고, 그런 히로인의 난처한 상황을 알게 된 사쿠타가 히로인을 구하기 위해 최선을 다해 사태를 수습한다는 것이 기존의 청춘 돼지에서 그려진 이야기입니다.

　극장 애니메이션에서도 그려진 쇼코 편과 사쿠타 본인이 사춘기 증후군에 걸린 편은 좀 다릅니다만, 그래도 대략적인 전개 자체는 크게 벗어나지 않는다고 생각합니다.

　하지만 이번 2부 첫 권은 지금까지의 전개와 명백하게 다릅니다.

사춘기 증후군 자체가 어떻게든 해소해야 할 대상이 아니며, 사춘기 증후군이 발병한 우즈키 또한 그 사춘기 증후군을 통해 성장을 했습니다. 물론 그 성장에는 안타까운 성장통이 뒤따릅니다만, 그것 또한 오랫동안 고난을 함께 해온 같은 그룹 멤버들과 함께 이겨냅니다. 그리고 미래를 향해 나아가죠.

그 과정에서 사쿠타는 예전처럼 주도적으로 이야기를 이끌어가지 않습니다. 한 걸음 물러선 위치에서 상황을 살피며, 우즈키가 도움이 필요한 순간에만 손을 내밉니다. 그녀가 자신의 의지로 선택하고, 앞으로 나아갈 수 있도록 그녀의 등을 상냥히 밀어주기만 합니다.

그것은 사쿠타가 성장했다는 것을 의미하는 것과 동시에, 사춘기 증후군이 치료를 통해 없애야만 하는 병이 아니라는 것을 뜻한다고 봅니다. 사춘기 증후군을 통해 분위기를 살필 수 있게 된 우즈키는 그것을 통해 타인의 마음을 더욱 헤아릴 수 있게 되었으며, 한편으로 예전의 자신이 타인에게 어떻게 여겨졌는지를 알게 됩니다. 그런 일장일단을 통해 사춘기 증후군이란 무엇인가를 고등학생 편 때와는 다르게 풀어나가는 느낌을 받았습니다.

그런 면을 통해 앞으로 어떤 이야기가 전개될지, 저 또한 한 사람의 독자로서 매우 기대하고 있습니다!

그럼 이만 줄이겠습니다.

L노벨 편집부 여러분. 이번에도 폐 많이 끼쳤습니다. 앞으로도 잘 부탁드립니다!

오래간만에 만난 악우여. 요즘 워낙 조심해야 하는 상황이라 악수 대신 포권으로 인사한 걸 이해해 주게나. 다음에 이 사태가 종식되면 그때는 포옹이라도 하세.

마지막으로 언제나 제게 버팀목이 되어주시는 어머니와 『청춘 돼지』 시리즈를 읽어주신 모든 분들에게 진심으로 감사드립니다.

히로인 예측 자체가 의미 없어진 다음 권 역자 후기 코너에서 다시 뵙겠습니다!

2020년 4월 초
역자 이승원 올림

청춘 돼지는 방황하는 가수의 꿈을 꾸지 않는다 10

1판 1쇄 발행 2020년 6월 10일
1판 7쇄 발행 2024년 3월 8일

지은이_ Hajime Kamoshida
일러스트_ Keji Mizoguchi
옮긴이_ 이승원

발행인_ 최원영
본부장_ 장혜경
편집장_ 김승신
편집진행_ 권세라 · 최혁수 · 김경민 · 최정민
편집디자인_ 양우연
관리 · 영업_ 김민원

펴낸곳_ (주)디앤씨미디어
등록_ 2002년 4월 25일 제20-260호
주소_ 서울시 구로구 디지털로 26길 111 JnK디지털타워 503호
전화_ 02-333-2513(대표)
팩시밀리_ 02-333-2514
이메일_ lnovellove@naver.com
ㄴ노벨 공식 카페_ http://cafe.naver.com/lnovel11

SEISHUN BUTA YARO WA MAYOERU SINGER NO YUME WO MINAI Vol.10
ⓒHajime Kamoshida 2020
Edited by 전격 문고
First published in Japan in 2020 by KADOKAWA CORPORATION, Tokyo.
Korean translation rights arranged with KADOKAWA CORPORATION, Tokyo
through Korea Copyright Center Inc.

ISBN 979-11-278-5575-8 04830
ISBN 979-11-86906-06-4 (세트)

값 7,800원